Les noces d'un cheikh

HEIDI RICE

Les noces d'un cheikh

Traduction française de
ALEXANDRA TEISSIER

AZUR

HARLEQUIN

Collection : Azur

Titre original :
INNOCENT'S DESERT WEDDING CONTRACT

HARPERCOLLINS FRANCE
83-85, boulevard Vincent-Auriol, 75646 PARIS CEDEX 13
Service Lectrices — Tél. : 01 45 82 47 47 - www.harlequin.fr
ISBN 978-2-2804-6151-1 — ISSN 0993-4448

Composé et édité par HarperCollins France.
Imprimé en septembre 2021 par CPI Black Print (Barcelone)
en utilisant 100% d'électricité renouvelable.
Dépôt légal : octobre 2021.

FSC
www.fsc.org
MIXTE
Papier issu de sources responsables
FSC® C159065

Pour limiter l'empreinte environnementale de ses livres, HarperCollins France s'engage à n'utiliser que du papier fabriqué à partir de bois provenant de forêts gérées durablement et de manière responsable.

Prologue

— Si tu te trouvais une épouse, frérot ? Ce serait un bon moyen d'empêcher le vieux de t'imposer un mariage arrangé.

— Non merci, *frérot*, répliqua Karim Jamal Amari Khan, prince héritier du Zafar, délogeant d'une bourrade les pieds bottés de Dane de la table basse dénichée sûrement à prix d'or par son décorateur. Notre père ne peut rien m'imposer de toute façon.

Dane esquissa un sourire narquois.

— « Notre père », tu dis ? C'est un peu exagéré, non ? Vu que son investissement dans notre éducation s'est limité à engrosser nos mères respectives…

Ce n'était pas tout à fait vrai. En sa qualité de fils aîné, héritier présomptif du trône, Karim avait fait l'objet d'une attention toute particulière de la part de leur père et passé des étés cauchemardesques au Zafar sous la contrainte après le suicide de sa mère. Mais cela, Dane l'ignorait.

— Tu n'as pas tort, dit-il, mais là n'est pas la question. Je n'ai aucun désir de prendre femme pour servir les intérêts de notre père. S'il veut me déshériter, grand bien lui fasse !

Cette perspective le ravirait, même. Le Zafar n'éveillait chez lui que de mauvais souvenirs. C'était précisément ce qui l'avait poussé à creuser son propre chemin et bâtir un empire commercial d'une valeur de plusieurs milliards. Il n'était plus retourné dans le royaume depuis l'été de ses seize ans. Il en avait aujourd'hui trente-deux.

— Ce qui me propulserait en première ligne, soupira Dane. Merci mille fois, frérot !

— Dur, dit Karim avec un petit rire.

Son père se ferait en effet un plaisir de désigner comme héritier son cadet de quatre ans, rebelle dans l'âme, intenable, et encore moins intéressé que lui par le pouvoir. Après le divorce, sa mère à lui, Cassandra Wainwright, jeune aristocrate anglaise, l'avait emmené en Angleterre et placé dans des pensionnats très stricts, mais Kitty Jones, celle de Dane, avait profité de sa liberté retrouvée pour semer le vent dans la jet-set new-yorkaise et son fils avait récolté la tempête, ne s'imposant aucune limite dans la vie. Après avoir rejeté son offre de rejoindre Amari, sa société, Dane s'était lancé avec succès dans l'organisation de réceptions haut de gamme à travers le monde. La fête, c'était encore ce qu'il faisait de mieux.

— Cela dit, j'ai une info qui pourrait bien te faire changer d'avis sur le mariage, et vite, reprit Dane d'un ton détaché, une lueur malicieuse dans le regard.

Dane et ses petites blagues… Il se faisait toujours une joie de le provoquer. Comme ce matin en se présentant à l'improviste dans son hôtel particulier de Belgravia à 8 heures pétantes, après un vol de nuit depuis New York.

Il n'avait vraiment pas de temps à perdre, son travail l'attendait.

— Quelle info ? demanda-t-il, impatient d'en finir.

— Le vieux est au courant de ton intérêt pour le haras Calhoun, répondit Dane d'un air triomphant.

— Comment le sais-tu ?

Son projet était censé rester top secret. Michael Calhoun était mort l'an dernier en laissant l'écurie familiale de pur-sang en Irlande lourdement endettée. Une grande partie des biens avaient été vendus pour maintenir l'entreprise à flot, mais Karim venait d'apprendre que les héritiers s'étaient finalement résolus à déposer le bilan. Il se préparait donc à rafler la mise dès l'annonce de la mise à l'encan.

— J'ai entendu une des multiples maîtresses de papa en parler hier soir, dans une soirée à Tribeca. Il est paraît-il enchanté à l'idée de se lancer dans les courses hippiques en achetant le haras Calhoun. Ce qui signifie, tu le sais aussi bien que moi, qu'il compte te doubler sur ce projet-là pour te forcer la main côté mariage. Voilà pourquoi j'ai sauté dans le premier avion pour te prévenir.

— Un coup de fil aurait suffi. Mais merci quand même pour le tuyau, ajouta-t-il de mauvaise grâce.

Son demi-frère avait sûrement voulu le voir en personne grincer des dents à cette annonce. Hors de question de lui offrir cette satisfaction, ni à lui ni à son père !

Restait que son projet risquait bel et bien de capoter. Ce qui ferait vraiment mal. Même amputé et privé du patriarche à sa tête, l'élevage Calhoun lui offrait une porte d'entrée dans le monde des courses hippiques et ainsi, une chance de réaliser le rêve qu'il caressait depuis un moment – bâtir sa propre écurie. Au Zafar, son unique joie avait été de monter les étalons arabes de son père…

Quoi qu'il arrive, pas question d'entrer dans les petits jeux du Roi. Le chacal lui avait déjà joué des tours similaires par le passé, l'obligeant à un duel frontal. Au début cela l'indifférait, il prenait même un certain plaisir à trouver des astuces pour le battre et lui montrer qu'il ne lui faisait plus peur. Ses succès croissants en affaires rendaient la victoire de plus en plus aisée. Mais les tentatives de chantage paternelles devenant toujours plus folles, Karim avait pris conscience qu'elles grevaient autant l'économie du Zafar que les finances royales. Le royaume, jadis parmi les plus riches de la région, perdait de son prestige à mesure que son père siphonnait l'argent nécessaire pour cette guerre d'usure, et Karim répugnait à voir ses concitoyens payer les pots cassés. Si bien qu'il avait cessé de croiser le fer avec son père depuis des années, gardant sous silence les négociations en cours, ou se désengageant de celles pour lesquelles le Roi montrait un intérêt. Son amour-propre en avait pris un coup, mais cette tactique d'évitement s'était révélée assez jouissive et très efficace. Son père n'interférait plus dans ses affaires depuis plus d'un an.

— Pourquoi ne pas relever le défi cette fois, au lieu de lâcher l'affaire ? suggéra Dane.

— Je ne me marierai pas pour remporter un contrat !

— Et si tu te mariais uniquement pour la galerie ? Avec une femme qui n'aurait d'épouse que le nom ? Ce serait la vengeance parfaite contre ce grand manipulateur. En ne couchant pas avec elle, tu le prives de l'héritier tant désiré.

— Ridicule, répliqua Karim en haussant les épaules. D'abord, je ne veux pas me marier, point final. Rien à voir avec notre père. Même une fausse épouse aurait des attentes, des exigences sur mon temps…

Elle pourrait surtout se briser les ailes, comme sa mère.

Karim frissonna au souvenir du visage baigné de larmes de sa mère, dont la tristesse avait imprégné son enfance. Il n'était pas près d'endosser la responsabilité d'une femme dont il ne pourrait satisfaire les besoins. Voilà pourquoi il possédait un très joli cottage à Kensington, dans lequel il installait ses partenaires afin qu'elles se tiennent à sa disposition, dans une relation dénuée de toute complication sentimentale. L'endroit était certes vide depuis un mois… Ou était-ce deux ? se demanda Karim. Depuis qu'il avait congédié Alexandra, qui commençait à évoquer « quelque chose de plus permanent », avec un généreux dédommagement à la clé, il n'avait tout simplement pas eu le temps de la remplacer.

— Tu es plein aux as, frérot, dit Dane avec son petit

sourire charmeur et tranchant à la fois. Ton bataillon d'avocats te préparera un contrat prénuptial en béton et tu n'auras plus qu'à dénicher une femme cupide ou assez désespérée pour être achetée !

1.

— Orla ! Orla ! Il y a un hélicoptère qui tourne autour de la ferme… Gerry vient de donner l'autorisation d'atterrir sur le pré du fond. Il dit que c'est *lui*. C'est le cheikh qui va nous mettre tous dehors !

Aux hurlements paniqués de sa sœur Dervla, Orla Calhoun interrompit son nettoyage du box d'Aderyn. L'étalon à la robe noire luisante griffa le sol du sabot et lui donna un léger coup de tête. Elle posa la main sur ses naseaux pour l'apaiser. À la différence de la plupart des chevaux de course retraités, Aderyn était assez placide pour qu'elle récure son box en sa présence. Il aimait la compagnie presque autant qu'elle, mais…

— Tout va bien, mon grand, Dervla est juste inquiète, chuchota-t-elle avant de quitter le box.

Elle cala le râteau contre le mur près de la porte, ferma le loquet derrière elle et retira ses gants avant de lancer un regard noir à sa sœur.

— Bon sang, Dervla, combien de fois t'ai-je dit de ne pas crier près des chevaux ? chuchota-t-elle. S'ils prennent peur ils peuvent blesser quelqu'un ou, pire, se blesser eux-mêmes !

Il ne restait ici que six chevaux désormais, mais tous étaient chers au cœur d'Orla qui se désolait encore de la perte de ceux qu'il avait fallu vendre l'an dernier. Chaque bête était unique, avec une personnalité et une raison d'être qui avait toujours eu davantage de sens à ses yeux qu'une victoire en course ou une saillie négociée un bon prix. C'était peut-être pour cela qu'elle n'avait pas réussi à tenir le haras à flot. Non par manque de compétence pour entraîner et soigner les chevaux, mais parce qu'ils représentaient bien davantage à ses yeux qu'un moyen d'existence.

Et maintenant, elle allait tout perdre…

— D'accord, d'accord, dit Dervla en baissant le ton. Mais qu'est-ce qu'on va faire de *lui* ?

Elle lui saisit le coude pour l'entraîner vers la sortie. Orla perçut alors à son tour le vacarme de l'hélicoptère amorçant son atterrissage.

— Tu es sûre que c'est lui ? demanda-t-elle. Il ne devait pas venir avant vendredi !

Le liquidateur judiciaire avait pris ses dispositions pour que le prince héritier Karim Jamal Amari Khan visite le haras avant la mise à l'encan prévue samedi. Il s'agissait sûrement d'une visite préliminaire confiée à un collaborateur… Elle n'était pas prête du tout à accueillir le cheikh en personne, avec ses bottes crottées, son jean sale, la chemise trempée de sueur qui collait à ses seins… Levée aux aurores pour faire galoper Aderyn, elle s'était attelée ensuite au nettoyage des box, le dernier palefrenier ayant été remercié un mois plus tôt.

— Oui, chuchota Dervla. Gerry a parlé avec lui. Il pilote lui-même l'hélico ! Il est venu de sa propre initiative, paraît-il.

L'angoisse qui nouait le ventre d'Orla depuis qu'elle avait été obligée d'affronter l'inévitable augmenta d'un cran. Elle qui comptait présenter au futur acheteur la maison et sa propriétaire sous leur meilleur jour !

Elle réfléchit à toute vitesse.

— Occupe-le pendant que je fais un brin de toilette, dit-elle à Dervla. Et que Maeve m'apporte ici mon plus beau pantalon, des sous-vêtements propres et le chemisier que j'ai repassé hier, il est rangé dans mon armoire.

Là-dessus, elle se précipita vers les vestiaires au fond de l'écurie, retira prestement ses bottes et abaissa la fermeture

Éclair de son jean. Au moins se rincer pour évacuer l'odeur et se changer en vitesse avant d'aller l'accueillir…

Tant pis pour l'allure sage et sophistiquée qu'elle avait prévue, ce serait pour une autre fois. De toute façon, avec son côté garçon manqué, elle avait toujours détonné dans le milieu huppé des courses hippiques fréquenté par son père. Elle avait bien essayé de s'y fondre en se fiançant avec Patrick Quinn, le fils du propriétaire du haras voisin du sien, mais cela avait tourné au désastre.

« Qu'est-ce que tu espérais ? Les hommes ont des besoins, Orla. Et tu es aussi frigide qu'une nonne ! »

Elle tiqua au souvenir des derniers mots de Patrick avant leur séparation cinq ans plus tôt, et de la vision répugnante de Meghan O'Reilly et lui enlacés dans un coin le soir de leurs fiançailles. Ignorant le sentiment d'humiliation qui accompagnait toujours ces réminiscences éprouvantes, elle laissa tomber le jean sous les lavabos.

Patrick n'avait pas tout à fait tort, elle n'avait jamais été douée pour jouer les coquettes charmeuses. Impressionner avec ses maigres références mondaines un cheikh à la réputation de play-boy aurait été une gageure, quand bien même elle aurait eu tout le temps de se préparer correctement. Avec des habits propres sur le dos elle offrirait tout au moins une apparence détendue, sereine et responsable. C'était le minimum pour avoir une chance de plaider sa cause et de convaincre Karim Khan, qui n'ignorait rien de leurs déboires financiers, de lui permettre de rester au haras Calhoun.

Elle avait effectué des recherches à son sujet la veille sur Internet, dès que le liquidateur leur avait fait part de l'intérêt d'Amari pour le haras. On le présentait comme bardé de titres de noblesse et arrogant, un prince de sang royal habitué à traiter les gens comme elle en larbins et assez riche pour envisager de mettre la main du jour au lendemain sur un patrimoine que sa famille avait mis dix générations à bâtir.

Plutôt mourir que de laisser ce prince exotique l'arracher au travail auquel elle avait consacré sa vie ! Tout ce qu'il lui fallait, c'était une chance de prouver qu'elle pouvait encore se rendre utile sur place. Après tout elle gérait ce haras, et plutôt bien, depuis cinq années maintenant, exactement depuis ses dix-sept ans, et l'époque où son père s'était laissé aspirer par le chagrin après la mort de sa mère.

Seulement, elle n'y parviendrait pas avec cette allure de petite orpheline en détresse. Tous les articles qu'elle avait lus concordaient, l'acheteur potentiel était de ces hommes ne prêtant attention qu'aux beautés sophistiquées, manucurées, avec tailleur griffé et cheveux soignés ondulant jusqu'aux reins. Le genre de femme qu'elle n'avait jamais été, même du temps où elle s'était crue amoureuse de Patrick.

En débardeur et culotte, elle saisit le tuyau d'arrosage qui servait à laver la sellerie, ouvrit l'eau et frissonna violemment en s'arrosant la tête d'eau glacée. Elle jura tout haut. Quelle idée de débarquer avec cinq jours d'avance ! Est-ce qu'il cherchait à la piéger, ce…

Elle entendit soudain quelqu'un se racler la gorge derrière elle.

— Mademoiselle Calhoun, je présume ?

Un accent anglais prononcé. Orla se retourna si vite que le tuyau lui échappa des mains, éclaboussant tout autour d'elle.

Elle se sentit rougir jusqu'au cou. Un grand type se tenait sur le seuil, une épaule appuyée contre le chambranle. Le contre-jour n'empêcha pas Orla de reconnaître instantanément son visage d'après les images trouvées sur Internet. Il la détaillait de pied en cap d'un regard froidement calculateur qui enflamma sa peau glacée et atterrit sur la flaque qui se formait autour de ses pieds nus.

Bon Dieu !

Épouvantée, elle replia les bras sur sa poitrine dans un réflexe protecteur. Sérieusement ? Aurait-elle pu faire pire impression ? Et comment l'avait-il trouvée si vite ici ?

Dervla, je vais t'étrangler...

— Hum... Monsieur Khan ? lança-t-elle, le menton haut, s'efforçant d'oublier qu'elle devait ressembler à une souris trempée. Nous ne vous attendions pas avant vendredi. Et... Que faites-vous dans les écuries ?

En jean, pull ras-du-cou noir moulant sur des pectoraux impressionnants et bottes de cuir noir lustrées à mort, il avait le teint sombre, les cheveux plus sombres encore. Orla se remémora soudain le roi infâme d'un conte de son enfance, cruel et tout-puissant, mais bizarrement très attirant pour un méchant. Elle avait adoré cette histoire à l'époque, l'avait lue et relue. Maintenant elle savait pourquoi.

— Ce que je fais ici ? dit-il d'un ton goguenard qui gâcha instantanément cette jolie réminiscence. Je projette d'acheter votre haras, mademoiselle Calhoun. Aujourd'hui même.

Aujourd'hui ?

Alors qu'une nouvelle vague de panique assaillait Orla, il s'avança dans la lumière pour attraper la serviette accrochée au mur, et toute pensée rationnelle la déserta. Karim Khan était encore plus sexy que le méchant roi du conte. L'air lui manqua soudain.

Elle le savait déjà follement séduisant, au vu des photos prises dans des événements mondains où il paradait en smoking ou costume sur mesure sans un cheveu de travers, accompagné de mannequins et d'actrices comme autant d'accessoires destinés à le mettre en valeur. Mais ces photos ne lui rendaient pas justice. Orla, fascinée, absorba la vision s'offrant à elle, lèvres fermes et charnues, mâchoire forte, pommettes ciselées et nez aquilin. Une légère bosse sur l'arête et une cicatrice en faucille sur le sourcil gauche dérangeaient la symétrie parfaite du visage, lui conférant en même temps un air rugueux et viril absolument irrésistible.

La fièvre déferla de ses joues à son corps tout entier. Sentant les pointes de ses seins durcir, elle serra plus fort ses bras sur sa poitrine pour étouffer les palpitations. L'humiliation était encore plus vive en cet instant que lorsqu'elle avait surpris son fiancé en train de dévorer la bouche d'une autre le soir des fiançailles.

— Tenez, dit-il en lui lançant la serviette.

Elle l'attrapa au vol d'une main et s'en drapa gauchement tout en bataillant pour se ressaisir. La lumière éclaira de nouveau le visage de son visiteur, laissant voir l'impatience dans ses yeux – des yeux d'un magnifique brun doré.

C'est pour mieux te dévaster, Orla. Il est un dieu parmi les hommes et tu es une pauvresse tremblante à demi nue.

— Rendez-vous dans quinze minutes dans le bâtiment principal, dit-il. Cette transaction doit se conclure aujourd'hui.

Le ton désobligeant la hérissa. Pour qui se prenait-il ? Sous prétexte qu'il était beau, riche, sec et habillé, tandis qu'elle n'était rien de tout cela…

Le temps qu'elle trouve et l'inspiration et le courage de s'insurger, il avait déjà quitté l'écurie d'un pas martial.

2.

— Navrée de vous avoir fait attendre, monsieur Khan. Dervla vous aura sûrement proposé un rafraîchissement ?

S'arrachant à la contemplation des collines d'un vert impossible entourant le haras Calhoun, Karim tourna les yeux vers la fille rencontrée vingt minutes plus tôt dans l'écurie qui s'avançait vers lui sur le tapis délavé.

Elle avait enfilé un pantalon noir tout simple sous une chemise blanche et ramené ses cheveux roux encore humides derrière les oreilles. Alors qu'elle passait devant les fenêtres du vaste salon, il découvrit qu'elle n'était pas maquillée. Avec ces taches de rousseur émaillant sa peau claire, elle lui parut encore plus jeune et fraîche que tout à l'heure lorsqu'elle était trempée. Le souvenir de ses cuisses fermes, de ses jambes fines et de ses bouts de seins turgescents visibles à travers le débardeur mouillé lui valut un coup de chaud malvenu, qu'il s'empressa de refouler.

Si maintenant les adolescentes de style rustique lui faisaient de l'effet, la quête d'une nouvelle maîtresse s'imposait, et vite.

— Pas le temps, répliqua-t-il. Pour conclure la vente, j'ai besoin de votre agrément aujourd'hui même.

Son plan était simplissime, solide, infaillible. Une fois lancé, il n'avait pas mis longtemps à trouver une solution plus avantageuse que l'abandon du projet – et que l'idée plus absurde encore évoquée par Dane ce matin à Belgravia. Il avait piloté en personne le Puma pour arriver plus vite ici et lancer la mise en œuvre séance tenante. Le tuyau fourni par Dane avait suffi pour avoir un temps d'avance sur son père.

Il avait pensé jeter un coup d'œil à la propriété avant de faire son offre, mais dès le seuil de l'écurie franchi, sa décision était prise. Il voulait le haras Calhoun, quoi qu'il en coûte. C'était exactement ce qu'il cherchait.

— Je... Je comprends, monsieur Khan, mais je crains de ne pouvoir vous donner cet agrément. Ce sont les liquidateurs qui gèrent la vente, au vu de la faillite imminente.

Karim hocha la tête.

— Mais vous n'avez pas encore sombré, et vous et votre sœur avez hérité de cette propriété, n'est-ce pas ?

Son équipe juridique ayant passé en revue les moindres détails pendant qu'il survolait la mer d'Irlande, la question était purement rhétorique. La franchise de sa réponse le prit de court.

— En effet, mais nous avons aussi hérité des dettes. La propriété a déjà été réhypothéquée et nous ne parvenons plus à payer les intérêts.

D'après ses calculs, les filles Calhoun se retrouveraient quasiment sans le sou à l'issue de la vente, leur père ayant asséché l'entreprise familiale pour satisfaire à un démon du jeu tenu secret par la famille durant des années.

— Je comprends que vous cherchiez un prix plus bas en précipitant la vente mais, croyez-moi, vous faites déjà une affaire en or, ajouta Orla d'un ton plein d'orgueil qui la fit paraître soudain plus âgée que ne le laissaient voir ses grands yeux émeraude.

— Je ne compte pas marchander. Je suis là pour vous offrir une chance de sortir de cette impasse sans dettes à rembourser.

— Et comment ? demanda-t-elle, sceptique.

Jeune, mais pas si naïve...

— Toutes vos dettes seront soldées aujourd'hui même par transfert bancaire. La somme excède la valeur de la propriété d'environ cinq millions d'euros. Cela vous laisse libre de me vendre le haras aussitôt après, pour un euro symbolique. Et les liquidateurs récupéreront tout de même leur part.

L'accord était équitable et correct tant pour elle que pour lui. Une fois débarrassées des dettes paternelles, sa sœur et elle pourraient entamer librement une autre vie. Elles n'auraient plus de toit, certes, mais venant d'une des familles d'éleveurs les plus en vue, Orla ne manquerait pas de propositions pour peu qu'elle consente à travailler dur – ce qui semblait acquis, puisque, à sa vive surprise, il l'avait trouvée en train de nettoyer des box, lui qui s'attendait à trouver une débutante hautaine et désœuvrée…

Plus important, la propriété ne serait pas mise aux enchères. Et le chacal n'aurait pas l'opportunité de miser contre lui.

Son offre la sidérait, visiblement.

— Alors, marché conclu ? dit-il en souriant.

— Non.

— Pardon ?

— Je… J'ai dit non, répéta-t-elle en rougissant. Nous n'avons rien conclu du tout. J'ai une requête à présenter.

Karim fronça les sourcils.

— Vous ne m'avez pas bien compris, je crois, mademoiselle Calhoun. Ceci n'est pas une négociation. C'est une proposition dont la durée de validité est limitée. Et de loin la meilleure que vous pourrez avoir. Si je sors d'ici aujourd'hui sans être le nouveau propriétaire du haras Calhoun, l'entreprise sera mise à l'encan samedi comme prévu par les liquidateurs pour une somme nettement inférieure à ce que je vous offre.

— Je comprends, rétorqua-t-elle, mais pour cela il vous faut ma signature aujourd'hui. Ce qui me donne un léger avantage. Ne souhaitez-vous pas tout au moins entendre ma requête ?

Elle jouait les décontractées, mais le rouge colorant jusqu'à sa gorge, en plus de lui rappeler de façon assez inopportune la vision qu'elle lui avait offerte tout à l'heure, à moitié nue et trempée, suggérait le contraire. L'impatience de Karim s'estompa quelque peu. Cette femme représentait une énigme. Qui aurait imaginé qu'il la trouverait en sueur, occupée à nettoyer sa propre écurie alors qu'un employé pouvait s'en charger à sa place ? Ou à se laver avec un tuyau d'arrosage ?

Évidemment, à voir l'état général de sa maison, les tapis décolorés, les meubles usés, la peinture qui s'écaillait, le haras Calhoun se heurtait sans doute à des difficultés financières depuis plus longtemps qu'on ne le croyait. Combien d'employés leur restait-il, en fait ? Il n'avait croisé jusqu'ici qu'un vieil homme du nom de Gerry qui semblait s'occuper du téléphone et une gouvernante tout aussi âgée prénommée Maeve.

— Je vous écoute, s'entendit-il déclarer.

— Je… Je veux un travail.

— Quel travail ?

À cet instant précis, la suggestion ridicule de Dane refit surface dans sa conscience.

Tu n'auras plus qu'à dénicher une femme cupide, ou assez désespérée pour être achetée.

— N'importe lequel, pourvu que je reste dans ce haras. Je le dirige depuis cinq ans. Je connais les courses et les chevaux, en particulier ceux qui sont encore ici.

Elle marqua une pause. Une pointe de tristesse et peut-être de honte apparut sur ses traits.

— Mon père a cessé de travailler avec les chevaux après la mort de ma mère… Aussi nos succès sur les champs de courses des cinq dernières années sont-ils à mettre au crédit de l'équipe que j'ai montée ici. J'aimerais vraiment pouvoir continuer à travailler avec elle.

Les yeux brillants, elle continua de plaider sa cause, égrenant références et savoir-faire réels ou imaginaires, qu'importe – Karim ne l'écoutait plus que d'une oreille, les yeux sur ses seins qui se soulevaient par intervalles sous sa chemise ordinaire, distrait par le projet qui prenait forme dans son esprit.

Quatre heures plus tôt, il avait rejeté d'emblée la suggestion de son demi-frère de prendre femme sur le papier seulement. Cette solution lui avait paru extrême et franchement insensée. Elle présentait néanmoins le double intérêt de museler son père et de lui permettre de faire son entrée dans le milieu des courses hippiques avec une Calhoun à son bras, et cette perspective commençait à le séduire.

La parole de Mlle Calhoun ne suffirait pas à le convaincre de lui confier une mission dans la gestion du haras… Mais il avait un autre rôle en tête dont elle pourrait fort bien s'acquitter à la perfection. Sa réaction en la découvrant dans les vestiaires ne lui ressemblait pas, d'ailleurs elle était l'exact opposé des femmes qui l'attiraient d'habitude, simple, nature, et bien trop maigrichonne… Quoique…

— Quel âge avez-vous ? demanda-t-il, lui coupant la parole.

— Quel âge… ? Vingt-deux ans.

Le soulagement l'envahit. Pas trop jeune, Dieu merci. Et pas si innocente que ça. En dépit de cette frimousse toute fraîche, son émoi face à son apparition dans les vestiaires ne lui avait pas échappé. Et cela servait encore mieux son projet.

— Je réfléchirai à un travail à vous confier ici, dit-il, décidant qu'il pourrait lui offrir au moins cela dès qu'il n'aurait plus besoin d'elle. Je vais aussi prévoir un bonus d'un million d'euros pour que vous et votre sœur restiez solvables après la vente. Mais j'envisage pour vous un rôle très différent dans un premier temps…

— Parfait, dit-elle, les joues en feu. Quel que soit ce rôle, je serai à la hauteur. Je m'adapte vite. Évidemment, vous ne me connaissez pas… Une période d'essai s'impose, naturellement, ajouta-t-elle très vite, une lueur de désespoir au fond des prunelles, mais tant que je peux continuer à travailler avec nos chevaux…

Bien, ça, le désespoir. Et le souci de plaire, encore mieux ! Elle serait parfaite pour le rôle qu'il avait en tête. Sauf que…

Il laissa de nouveau voyager son regard sur la silhouette fine, la tenue pragmatique, le visage sans fard, les boucles folles autour des oreilles, et sentit tout de même resurgir dans ses reins, à sa vive contrariété, le désir inexplicable qui l'avait pris dans l'écurie.

Peut-être était-ce justement sa différence qui lui faisait de l'effet, cette candeur, ce naturel rafraîchissant. Mais le charme de la nouveauté s'épuiserait vite, le contrôler serait un jeu d'enfant. En outre il se trouverait une nouvelle maîtresse dès son retour à Londres, après quoi son attirance pour cette garçonne sans apprêt s'éteindrait d'elle-même.

— À quel rôle pensez-vous pour moi, monsieur Khan ? demanda-t-elle enfin.

— Je veux que vous deveniez ma fiancée, mademoiselle Calhoun.

3.

— Que… Qu'avez-vous dit ? bredouilla Orla, tandis que l'envahissait une très humiliante vague de chaleur.

Est-ce qu'il venait de la *demander en mariage* ? Non, impossible. Elle était sûrement victime d'une hallucination auditive, en lien direct avec les frissons assez inexplicables suscités dans les vestiaires par le regard aiguisé qui la jaugeait comme si une poulinière primée.

— J'ai dit : je veux que vous deveniez ma fiancée.

En atteignant ses tympans, les mots de Karim Khan déclenchèrent un nouvel accès de fièvre malvenu. Ils n'avaient toujours aucun sens, pourtant.

Aurait-elle sombré dans le coma ? À moins qu'elle ne se soit pas réveillée ce matin. Elle n'avait pas consacré une heure de son temps à faire galoper Aderyn et cinq autres à nettoyer les box, non, elle dormait encore à l'étage, après s'être assoupie devant son écran où défilaient des images de cet homme, et naviguait dans un rêve érotique très étrange…

— Vous voulez m'épouser ? bredouilla-t-elle en se pinçant discrètement. Mais… vous ne me connaissez même pas ! Nous ne nous sommes jamais fréquentés…

Ni embrassés, songea bêtement Orla. Car tout à coup elle ne voyait plus que ces lèvres sensuelles et ce visage incroyable d'autant plus séduisant, paradoxalement, qu'il restait impénétrable.

Il haussa les sourcils, esquissa un sourire en coin et promena sur elle un bref regard qui alluma des étincelles partout dans son corps. Elle se sentit fondre comme beurre au soleil.

— Je ne souhaite pas vous épouser. Ni sortir avec vous, précisa-t-il d'un ton amusé qui doucha Orla. Ces fiançailles seront purement fictives. Pour cela nous signerons un contrat exécutoire. Je vous demanderai de figurer à mon bras en jouant la future épouse aimante et dévouée dans les soirées mondaines et autres événements publics en rapport avec mes affaires de façon à donner l'illusion d'une vraie relation aux médias, mais aussi aux acteurs du milieu des courses hippiques, dans lequel je compte me tailler une place de choix grâce à votre réseau.

Son *réseau ?*

Orla n'en avait pas dans le monde hippique, et pour cause, elle avait toujours œuvré avec soin en coulisses, entretenant la fiction d'un Michael Calhoun au sommet de sa gloire d'éleveur alors même qu'il s'était noyé depuis longtemps dans son chagrin et son addiction au jeu. Elle avait bien sûr côtoyé des jockeys, des entraîneurs, d'autres directeurs de haras, mais elle ne connaissait personnellement aucun gros bonnet du milieu, à l'exception des Quinn, mais ils l'évitaient depuis sa rupture avec Patrick. Elle était restée dans l'ombre pour travailler auprès des chevaux, anonyme et heureuse de l'être, n'ayant ni le goût ni les compétences pour se mêler aux mondanités, ainsi que son ex-fiancé le lui avait clairement fait comprendre.

Elle se mordilla la lèvre. Impossible de révéler la vérité à Karim Khan au risque de le voir retirer cette offre surprenante, mais inespérée.

— Une fois que tout le monde sera convaincu que nos fiançailles sont réelles, poursuivit-il avec autant d'émotion que s'il parlait de la météo, vous serez libre de batifoler de votre côté, tant que vous resterez discrète.

Ses joues s'embrasèrent.

— Pour combien de temps, cette comédie ? balbutia-t-elle. Jusqu'à quand devrons-nous simuler le grand amour ?

À ces mots le visage de Khan se crispa, comme si la réalité de ce qu'il lui demandait de feindre ne l'avait pas encore atteint. Normal, songea-t-elle. Un homme prêt à s'acheter une fiancée ne connaissait sûrement rien aux relations véritables, encore moins à l'amour.

— Jusqu'à ce que je n'aie plus besoin d'une fiancée, répondit-il avec hauteur.

— Mais... Pourquoi ce besoin ?

La curiosité l'emportait. Si le seul mot « amour » le faisait tiquer, pourquoi ce projet farfelu ? Pour pénétrer le milieu hippique l'acquisition du haras aurait suffi. L'argent détenant tous les pouvoirs, ici comme ailleurs, Karim Khan n'avait pas besoin d'elle et de son supposé réseau. Il pouvait aussi s'offrir n'importe quelle femme pour s'afficher avec, sûrement... Pourquoi en rétribuer une ? C'était absurde.

Il rompit enfin le silence, de plus en plus crispé.

— Je vous propose un travail contre un million d'euros, mademoiselle Calhoun, précisément parce que je n'ai aucune envie de me justifier. Alors, c'est oui ou c'est non ?

Elle aurait dû refuser, lui dire qu'on ne l'achetait pas comme ça, qu'elle était une piètre comédienne de toute façon, mais aucun de ces mots ne sortit de sa bouche.

— Dervla et moi pourrons-nous garder la maison, si nous ne prenons pas le bonus ?

Cette vieille bâtisse au bord de la ruine, c'était le seul foyer qu'elles aient connu. Elle n'avait pas besoin d'un million d'euros, elle voulait juste une chance de rester chez elle.

Elle le regarda balayer des yeux la pièce. Le tapis hors d'âge, les quelques meubles rescapés, trop vieux ou trop usés pour être mis à la vente, la tache d'humidité dans le coin près du buffet, les rectangles plus clairs sur les murs là où étaient accrochés des tableaux vendus depuis longtemps pour régler les dettes de jeu de son père... Après avoir perdu l'amour de sa vie, Michael Calhoun s'était réfugié dans une autre passion qui l'avait détruit. Sur la fin, il n'était plus que l'ombre de lui-même et cette maison renvoyait simplement le reflet de cette décrépitude.

— Vous pouvez garder la propriété à la place si vous le souhaitez, dit-il, je n'en ai pas besoin. Mais j'exigerai de vous que vous restiez à ma disposition en toutes circonstances, pour m'accompagner aux événements que je viens d'évoquer.

Le cœur d'Orla battait la chamade. Il s'agissait pourtant d'un contrat professionnel, dans lequel ses émotions ne devaient pas interférer. Ce n'était pas *elle* qu'il voulait, mais son nom, son patrimoine et pour une raison inconnue, une fiancée.

Elle tenait là une chance de garder la maison, et ainsi de garantir un toit à sa sœur pendant ses études au Trinity College de Dublin, qu'elle pourrait facilement rejoindre en train chaque jour. Bien entendu, pour peu que Karim Khan découvre qu'elle manquait cruellement d'entregent et d'aisance pour briller dans la haute société hippique, et qu'elle était vierge par-dessus le marché, le contrat lui échapperait. Le moyen de simuler l'amour fou, sans avoir jamais eu d'amant ? Et surtout pas un amant d'un calibre aussi supérieur…

Qu'à cela ne tienne, en dépit de tous ces nuages menaçants, l'excitation prit le dessus.

— Quand devrais-je commencer ? demanda-t-elle.

— Ce soir. Vous rentrez avec moi à Londres et nous signons le contrat de fiançailles demain à l'aube. Je suis attendu demain soir au bal du Jockey Club au Chesterton Hotel. Ce sera l'occasion d'annoncer nos fiançailles en même temps que l'acquisition du haras.

Si vite ! Orla battit des cils. Bien sûr. Le bal du Jockey Club, dans le luxueux six-étoiles de Soho… Aucun acteur du monde hippique ne manquait cet événement majeur qui marquait le milieu de la saison des courses en Europe. Elle-même s'y était rendue une fois, cinq ans plus tôt, avec son père et Patrick. Elle avait détesté la soirée du début à la fin. Elle s'était sentie exposée à tous les vents, malhabile, dépassée. La tâche serait-elle plus facile, vraiment, en endossant le rôle de fiancée-trophée de Karim Khan ?

Un petit vent de panique se leva en elle. Elle s'efforça de respirer calmement. Une fois le contrat signé, il ne pourrait plus changer d'avis, n'est-ce pas ?

Elle n'aurait qu'à improviser avec les moyens du bord, en priant pour qu'il ne découvre pas trop vite l'erreur de casting qu'il était en train de commettre, du moins pas avant le bal, qui ne manquerait pas de faire apparaître ses insuffisances au grand jour.

— Eh bien, mademoiselle Calhoun ? lança-t-il sans prendre la peine de masquer son impatience. Marché conclu ? Quel est votre prénom, au fait ?

— Orla, répondit-elle, refoulant un rire nerveux.

Il lui demandait de jouer les amoureuses transies, et ignorait jusqu'à son prénom ?

Elle avait la sensation de monter un étalon non débourré pour la première fois. Un mélange assez indéfinissable de terreur et d'exaltation. Pour retrouver à terme la maison et le travail qu'elle souhaitait avec les chevaux, il lui suffirait de s'accrocher pendant quelque temps, en espérant ne pas finir en petits morceaux.

— Et c'est oui, ajouta-elle avec une détermination qu'elle était loin de ressentir. Marché conclu, monsieur Khan.

— Appelez-moi donc Karim, Orla.

Cela sonnait comme un ordre. Il dégaina son téléphone.

— Vous avez une demi-heure pour boucler vos bagages. N'oubliez pas votre passeport. Nous nous occuperons des formalités de la vente et du contrat de fiançailles une fois à Londres. Je vais jeter un dernier coup d'œil aux écuries, ajouta-t-il, levant brièvement les yeux de son écran. Rendez-vous près du Puma à 13 h 45. Ne me faites pas attendre, cette fois.

Il s'éclipsa sans attendre sa réaction.

Une fois seule, Orla referma les bras sur son cœur affolé et s'avança vers les fenêtres pour contempler les terres sur lesquelles elle avait grandi. L'unique endroit où elle se sentait enracinée, importante, entière.

Ce qu'elle venait d'accepter était une pure folie. Cet homme cassant et péremptoire, qui se croyait tout permis, n'avait même pas daigné s'expliquer sur cette histoire de fiancée fictive. Et pourquoi donc l'avait-il choisie, elle, entre toutes, pour un rôle pareil ?

Karim Khan, prince héritier du Zafar, détenait tous les pouvoirs dans cette affaire. Elle, n'en avait aucun.

Mais comment faire la fine bouche ? Elle n'avait pas à regretter d'avoir signé avec le diable. Dervla, les chevaux, la maison en valaient la peine. Avoir devant soi un avenir libéré des dettes, et la perspective de continuer à vivre sur la propriété qu'elle croyait perdue, c'était un rêve qui semblait encore inaccessible à son réveil ce matin encore. La vie avait été si dure depuis l'accident de voiture fatal à son père, un an plus tôt. Et même depuis bien plus longtemps, en vérité. La mort tragique de sa mère en plein galop quatre années auparavant lui avait enlevé son père aussi, du jour au lendemain ou presque.

Oui, sa sœur et elle méritaient cette chance qui leur était offerte.

Restait à montrer à tout le monde qu'elle avait les moyens de rendre un prince fou d'amour.

— En route pour l'aventure ! murmura-t-elle.

À cet instant elle repéra la haute et imposante silhouette de l'homme auquel elle venait de se lier de son plein gré pour un temps indéterminé qui traversait la pelouse à longues enjambées en direction des écuries. Un frisson brûlant la traversa.

Elle n'avait même pas réussi à convaincre Patrick qu'elle ferait une bonne épouse… Et maintenant elle allait devoir simuler la passion pour un homme dont le seul regard lui enrayait le souffle et lui donnait la chair de poule. Un homme dont elle ignorait tout ou presque – et le peu qu'elle en savait le rendait mille fois plus intimidant encore.

Orla Calhoun, qu'es-tu allée faire dans cette galère ?

4.

— Mademoiselle Calhoun, il faut vous réveiller maintenant. M. Khan est en bas, il demande à vous voir.

Orla cligna furieusement des paupières au sortir d'un rêve particulièrement vivace.

Une femme d'un certain âge lui souriait. Elle se redressa en sursaut, prenant conscience de la douceur des draps fins sous ses doigts et du soleil éblouissant se déversant par l'immense fenêtre en face du lit sur le mobilier raffiné de la suite.

— Bonjour, dit-elle.

La réalité des événements vécus depuis la veille se fraya peu à peu un chemin dans son esprit embrumé.

L'irruption de Karim Khan dans les vestiaires de l'écurie. Le regard doré enfiévrant brutalement son corps trempé à demi nu. Plus tard, dans son salon vétuste, ce personnage à la présence subjuguante demandant, *exigeant* qu'elle devienne sa fiancée officielle. La course folle pour se préparer au départ tout en s'assurant que Dervla soignerait correctement les chevaux en attendant que la nouvelle équipe prenne le relais. Le survol en hélicoptère de la mer d'Irlande, puis de la campagne anglaise avant les lumières de Londres et l'atterrissage sur le toit de la résidence de Khan au cœur de Belgravia…

Il lui avait à peine adressé la parole depuis qu'elle avait accepté le contrat, passant tout le temps du vol à discuter avec divers subordonnés dans ses oreillettes tout en pilotant l'appareil. À l'arrivée, on l'avait installée dans la suite qu'elle occupait maintenant, où elle avait dîné seule avant de se glisser entre les draps, épuisée.

— Madame Williams, n'est-ce pas ? demanda-t-elle.

La gouvernante, peut-être, croisée la veille au soir ? Les images d'hier restaient assez floues, le luxe extravagant de la maison de Khan et la pensée de ce qu'elle s'était engagée à faire empêchant toute concentration alors qu'au moins vingt personnes lui étaient présentées avant qu'on ne lui montre ses appartements.

Elle avait rêvé de lui cette nuit, se remémora-t-elle en tressaillant. Son regard intense l'avait réveillée à plusieurs reprises, répandant une pluie d'étincelles dans tout son corps.

— Appelez-moi Edith, chère enfant, répondit la gouvernante en posant le plateau du petit déjeuner sur une table près de la fenêtre avec une dextérité née de longues années de pratique. M. Khan a engagé une styliste pour vous composer une nouvelle garde-robe, mais pour la réunion de ce matin j'ai fait laver et repasser vos vêtements d'hier. J'espère que cela conviendra, ajouta-t-elle en souriant. Je n'ai pas pu trouver d'autre tenue qui puisse convenir dans vos bagages lorsque je les ai défaits.

— C'est parfait.

Elle revit Khan lui demander, au moment de monter à bord de l'hélicoptère à Kildare, si elle avait pensé à emporter une tenue *correcte*. « Vous ne m'avez pas laissé beaucoup de temps pour boucler mes bagages », avait-elle répliqué, se refusant à avouer qu'elle ne possédait rien d'assez chic pour les événements mondains qui l'attendaient. Voilà des années que l'argent manquait pour les frivolités. Jean, T-shirt et bottes lui suffisaient pour travailler avec les chevaux. Elle portait déjà sa tenue la plus présentable…

Il avait hoché la tête et hissé dans l'hélicoptère le sac à dos bouclé en toute hâte. La conversation s'était arrêtée là.

Orla se leva et attrapa le peignoir en soie déposé par Edith au pied du lit en essayant de ne pas se sentir plus humiliée encore à l'idée de devoir être habillée par lui.

— Le notaire est arrivé pour finaliser la vente, annonça la gouvernante. M. Khan souhaite que vous le rejoigniez au plus vite dans son bureau, au rez-de-chaussée. Il est encore plus impatient que d'habitude, ajouta Edith avec un franc sourire. Vous devez être très amoureux, tous les deux.

— Oui... en effet, murmura Orla en rougissant. Et appelez-moi Orla !

Elle n'était pas familière du vouvoiement et des manières distantes avec ses propres employés. Les rares qu'elle avait pu retenir étaient devenus des amis, des alliés même, ces dernières années.

— Oh ! c'est impossible, mademoiselle Calhoun. M. Khan n'approuverait pas. Vous allez devenir la princesse héritière du Zafar.

De plus en plus surréaliste, songea Orla en regardant la gouvernante achever de disposer le petit déjeuner.

— À présent je dois redescendre. Voulez-vous que je demande à une femme de chambre de vous aider à vous préparer ?

— Non, vraiment, je vais me débrouiller.

— Puis-je dire au prince héritier que vous serez en bas dans une demi-heure ? demanda encore Edith d'un ton plein d'espoir.

— Absolument, répondit Orla à contrecœur.

À quoi bon repousser ces retrouvailles ? Edith risquait visiblement des ennuis si elle ne se dépêchait pas.

Une fois seule, elle décida de faire l'impasse sur le petit déjeuner. Fruits frais, viennoiseries, pancakes, œufs au bacon... La nausée qui lui tiraillait l'estomac s'accrut. Elle se dépêcha de trouver refuge dans la salle de bains.

Vingt-neuf minutes plus tard, Orla s'engagea dans l'escalier. Elle fut accueillie au pied des marches par un majordome qui la conduisit jusqu'au bureau de Khan, une pièce immense, meublée avec goût, donnant sur les jardins somptueux du domaine.

À la vue de la solide carrure de Khan s'encadrant à contre-jour sur la grande fenêtre à meneaux, elle sentit son trouble renaître. En pantalon gris sombre et chemise blanche aux manches roulées jusqu'aux coudes, dévoilant la peau sombre des avant-bras, il ressemblait exactement à ce qu'il était – un prince play-boy riche, puissant, gonflé de confiance. Et terriblement sexy, songea Orla, le cœur battant, lorsqu'il se tourna vers elle à son approche.

— Orla, enfin ! s'exclama-t-il avant de fouler l'épais tapis à sa rencontre.

Orla tressaillit violemment lorsqu'il lui prit la main pour la porter à ses lèvres. C'était la première fois qu'il la touchait, et le contact intime de ses lèvres fermes mit tous ses sens en émoi. Comme il plissait les yeux, l'air mécontent, elle s'efforça de se détendre – et perçut alors la présence d'une autre personne dans la pièce.

La mascarade avait commencé… Et voilà qu'elle venait déjà de commettre un impair.

Karim Khan replia le bras autour du sien, la piégeant contre lui pour l'escorter à travers la pièce. Orla s'obligea à respirer calmement, ignorant les frissons qui couraient sur sa peau.

— Orla, je te présente Phillip Carstairs, le chef de mon équipe de conseillers juridiques. Phillip a quelques papiers à te faire signer.

L'intéressé, la cinquantaine avenante, se fendit d'un sourire engageant.

— Mademoiselle Calhoun, quel plaisir de faire enfin votre connaissance. Karim m'a longuement parlé de votre rencontre ébouriffante, qui fera rêver mon épouse lorsque je lui raconterai les détails, ajouta l'avocat sans une once d'ironie.

Orla saisit sa main tendue tout en se demandant quelle histoire avait bien pu lui raconter Khan. Il serait bien inspiré de la partager avec elle…

— Merci, monsieur Carstairs. Oui, tout est allé si vite, dit-elle en tournant des yeux énamourés vers son compagnon.

Au vrai, ce ne fut pas si difficile à simuler. Un bras tout chaud couvert d'un fin duvet brun lui brûlait les doigts…

Khan braqua sur elle son regard d'aigle.

— Aimerais-tu entendre Phillip détailler les clauses du contrat avant de le signer ?

— Est-ce qu'il contient tout ce dont nous étions convenus ? demanda-t-elle, devinant son impatience.

— Bien sûr.

Elle baissa les yeux sur les papiers étalés par Carstairs sur le bureau à son intention, parcourut rapidement les grandes lignes et hocha la tête.

— Je vais signer tout de suite.

Étonnamment, elle se sentait en confiance. Leurs échanges superficiels attestaient qu'elle était à ses yeux une employée à son service parmi d'autres, embauchée au prix fort. Il avait acquiescé à toutes ses requêtes sans rechigner et s'était montré bien plus généreux que nécessaire. L'argent n'était clairement pas un problème pour lui. Elle aussi devait considérer cette situation comme un travail. Rien de plus. Un travail dont elle tenait à s'acquitter au mieux, car le risque était toujours là qu'il change d'avis.

Le pli soucieux sur son front apparu tout à l'heure lorsqu'elle avait réagi si violemment au simple contact de sa main s'estompa. Il était satisfait de sa prestation.

— Excellent, dit-il.

— Nous ferons également parvenir le contrat à votre sœur à Kildare pour signature. Je crois comprendre qu'elle aussi a déjà donné son accord de principe ? dit Carstairs en lui tendant un stylo en or.

— Absolument, répondit Orla, se remémorant la joie de Dervla à la nouvelle qu'elles allaient pouvoir rester chez elles sans plus de dettes à rembourser.

Elle apposa son nom d'une plume vive et fluide. Les bonnes sœurs qui l'avaient éduquée seraient fières d'elle…

Céder son patrimoine se révélait moins difficile que prévu. Le haras n'était qu'une entreprise, tout compte fait. C'étaient les chevaux qu'elle aimait, sa sœur, la maison. Et quelle libération de sortir de l'ombre des dettes qui planait depuis si longtemps au-dessus d'elles !

Carstairs étala ensuite devant elle d'autres documents, rédigés en anglais et en arabe.

— Si vous voulez bien lire attentivement ceci, mademoiselle Calhoun ? Il s'agit de la traduction anglaise du contrat de fiançailles traditionnel du Zafar. En vertu de la loi du pays d'origine de Karim, les fiançailles du prince héritier doivent s'accompagner d'un accord contraignant afin que les traditions culturelles comme les intérêts économiques du Zafar soient respectés et protégés avant le mariage effectif.

Orla fit mine de parcourir le document. Elle n'avait pas besoin de le lire, puisque ce mariage n'aurait pas lieu.

— Très bien, dit-elle enfin.

La main gauche de Khan lui caressa distraitement le bas du dos tandis que la droite signait le contrat original. Puis il lui tendit le stylo, encore tout chaud de ses doigts. Carstairs lui désigna les espaces où apposer signature ou paraphe. Elle sentait le regard de Khan vissé sur elle, sa main pesait dans son dos comme un contrôle appuyé. Il n'avait sans doute pas conscience de ce qu'il faisait, la caresse nonchalante restait impersonnelle, mais la sensation qui montait dans son dos, elle, n'avait rien de banal.

Elle griffonna son nom et ses initiales le plus vite possible cette fois, oubliant toute notion de calligraphie. Il fallait en finir avant que ses nerfs ne la lâchent…

Une fois toutes les formalités enfin accomplies, M. Carstairs se fendit d'un petit sourire.

— Ce serait peut-être le moment d'embrasser ta fiancée, Karim.

— En effet, dit la voix grave à sa gauche.

Avant qu'elle ait eu le temps de réagir, Khan la fit pivoter dans ses bras et la jaugea d'un regard empreint de curiosité qui acheva de l'affoler. Et s'il voyait maintenant combien elle était inexpérimentée, combien sa proximité la troublait ? S'il annulait leur contrat avant même sa mise en œuvre ? Elle en tremblait déjà.

Une paume étonnamment râpeuse se posa sur sa nuque. Elle ne bougea plus, hypnotisée par les éclats dorés des prunelles rivées aux siennes. Khan s'inclina lentement, un souffle au parfum de dentifrice effleura ses lèvres. Elle eut soudain la vision d'un palefrenier caressant Cliona, leur jument la plus nerveuse, afin de l'apaiser avant la saillie. Un frisson plus violent que les autres la secoua.

— Respirez, Orla, chuchota-t-il.

Là-dessus il captura ses lèvres avec délicatesse et une pointe d'autorité qui alluma des feux de joie partout dans son corps. Un désir si vif s'éveilla en elle qu'elle oublia tout, hormis l'odeur, le goût, la fermeté de la bouche qui s'appropriait la sienne. Comme il l'attirait contre lui, ses seins douloureux se pressèrent contre un mur de muscles.

Les mains plaquées sur la taille de Khan, elle crocha les doigts sur la chemise de coton tandis qu'un maelström de sensations l'emportait. D'instinct, elle entrouvrit les lèvres sous la pression insistante de sa langue. Un sanglot s'étrangla dans sa gorge. Elle se coula contre lui, alanguie et tout étourdie, répondant à ses explorations impérieuses par de timides coups de langue. Elle ressentait une envie qui montait, une envie intense, entêtante, d'elle ne savait quoi. C'était très flou, mais très urgent.

Il s'arracha subitement à sa bouche. Elle lut la surprise dans son regard, mais ce n'était rien en comparaison du choc qui la secouait. L'air lui manquait, ses poumons semblaient prisonniers de ses côtes…

Un raclement de gorge les fit tressaillir.

— Toutes mes félicitations, dit Phillip Carstairs avec un sourire paternel. Je vous suggère de planifier le mariage au plus tôt !

À ces mots, la chaleur qui inondait le ventre d'Orla et lui brûlait les lèvres explosa dans ses joues tel un champignon atomique.

— Merci, Phil, dit Khan. À présent disparais, ma fiancée et moi-même avons besoin d'un peu d'intimité.

L'avocat rassembla les documents épars et s'inclina d'un air complice.

— Je te présenterais volontiers mes vœux pour ces fiançailles, mais il est clair que tu n'en as pas besoin… Je vais faire parvenir ce contrat au Conseil du Zafar, afin que la bonne nouvelle soit annoncée à ton père, ajouta-t-il avant de prendre congé.

Orla sentit Karim se crisper.

— Je devrais filer moi aussi, murmura-t-elle.

Visiblement tendu, il semblait soudain ailleurs, et très agacé. Qu'est-ce qui avait bien pu le contrarier ?

Comme elle s'apprêtait à s'éclipser à son tour, il lui saisit le poignet.

— Pas si vite ! Ce baiser était assez inattendu…

— Je… J'essayais juste d'être convaincante, bredouilla Orla.

Khan fronça les sourcils.

— Vous avez fait de l'excellent travail, dans ce cas, commenta-t-il d'un ton moqueur.

Comme elle détournait les yeux, mortifiée, Khan glissa

deux doigts sous son menton pour l'obliger à le regarder en face.

— Juste une chose, dit-il. Êtes-vous vierge ?

Orla en resta coite. Comment avait-il deviné ?

— Parce que si c'est le cas, ajouta-t-il, le front barré d'un pli soucieux, nous devrons tout annuler.

Se ressaisissant enfin, Orla secoua la tête avec vigueur.

— Non, s'entendit-elle répondre, je ne suis pas vierge. J'ai eu plusieurs amants. Je… J'étais même fiancée, il y a cinq ans. Vous croyez vraiment que je vous aurais embrassé comme ça, sinon ?

À une époque l'art du mensonge lui était étranger, mais elle avait bénéficié d'une formation intensive ces cinq dernières années à force de devoir convaincre tout le monde, jockeys, entraîneurs, directeurs de courses, que les Calhoun n'étaient pas au bord du dépôt de bilan. Les compétences acquises ne furent pas de trop aujourd'hui pour donner le change à Karim Khan…

Il la dévisagea un moment en silence.

— Soit, dit-il enfin en lâchant son poignet.

Les mains dans les poches, il continua de l'observer sans mot dire, de ce regard pénétrant qui n'en finissait plus de la troubler, d'autant que ses lèvres picotaient encore après ce baiser improvisé. Elle s'obligea néanmoins à soutenir son regard, les bras enroulés frileusement autour de sa taille. Pour le convaincre il fallait de l'audace, quand bien même elle ne s'était jamais sentie aussi déstabilisée de sa vie.

Que lui était-il donc arrivé ? Avec Patrick ils s'étaient embrassés, bien sûr, mais jamais elle n'avait ressenti cela. Comment avait-elle pu oublier aussi facilement à qui elle avait affaire, et jusqu'au caractère fictif de leur relation ? À la seconde où leurs lèvres étaient entrées en contact, elle avait eu la sensation que son corps ne lui appartenait plus, que cet homme en avait pris le contrôle et pouvait en disposer à son gré.

Cela ne devait pas se reproduire. Sinon elle perdrait tout...

Pour finir il fourra les doigts dans sa tignasse, bousculant sa coupe stylée, et déclara :

— Rendez-vous ce soir à 19 heures.

Orla relâcha son souffle. Son mensonge avait fonctionné. Pour cette fois du moins.

— Pendant le trajet, ajouta-t-il, je vous expliquerai l'histoire que j'ai inventée pour expliquer notre relation. Ainsi vous éviterez les gaffes, à l'avenir.

C'était un coup de semonce. Orla se borna à hocher la tête et quitta la pièce avec un soulagement indicible.

Cela ne l'empêcha pas de se demander, tout en se dépêchant de regagner sa suite, si c'était l'angoisse de perdre ce contrat qui la minait, ou sa réaction inexplicable et incontrôlable à un simple baiser.

5.

— Votre fiancée vous attend dans le hall, Votre Altesse.

Karim leva les yeux de son téléphone et fixa sans le voir Muhammed, son majordome, qui se tenait sur le seuil de son bureau.

Votre fiancée. Les mots résonnèrent dans son esprit… et aussi, hélas, dans son corps, lui rappelant leur baiser de ce matin. Un baiser censément factice, comme tout le reste dans cette affaire, et qui s'était révélé être tout l'inverse. L'ardeur ingénue d'Orla Calhoun l'avait pris de court, mais moins que sa propre réaction. La douceur de ses lèvres fraîches, le hoquet de surprise qui lui avait échappé, le contact de son corps frémissant alangui contre lui, ses doigts serrant sa chemise comme une bouée dans la tempête… La combinaison avait enfiévré le désir qui couvait déjà en lui la veille.

Tout cela posait un sérieux problème.

Il avait choisi cette fille précisément parce qu'il s'attendait à ce que le désir retombe vite. Une illusion, de toute évidence. Le premier contact rapproché l'avait tellement excité qu'il ne parvenait pas à l'oublier. Il avait même eu envie d'aller plus loin… Autant de complications dont il se serait volontiers passé.

Dieu merci, contrairement à ce qu'il soupçonnait au départ, elle ne manquait pas d'expérience, ce qui aurait pu changer la donne. Il fallait néanmoins s'assurer que cette attirance ne passerait pas les bornes une seconde fois. Déjà qu'il appréciait peu d'avoir failli perdre le fil en même temps qu'elle…

La soirée s'annonçait longue et fastidieuse. Il se félicitait par avance de bénéficier du réseau d'Orla Calhoun pour se faciliter l'entrée dans ce monde-là. Accessoirement, ce serait aussi un test pour jauger plus précisément l'effet que lui faisait sa partenaire.

— Dis-lui que je la rejoins dès que possible, dit-il en remisant le téléphone dans la poche de poitrine du smoking.

— Oui, Votre Altesse.

Le visage buriné du majordome se départit un instant de son impassibilité coutumière.

— Puis-je renouveler mes félicitations ? ajouta-t-il presque timidement. Votre fiancée est exquise et si charmante. J'ignorais que la fille de Michael Calhoun était une pure beauté. On comprend mieux qu'il l'ait cachée jusqu'à présent.

Karim se rembrunit tandis que son majordome si discret d'ordinaire s'inclinait très bas avant de se retirer. À croire qu'Orla lui avait jeté un sort. Une pure beauté, vraiment ? Et que signifiait cette allusion à Calhoun cachant sa fille ? Jamais il n'avait pris part au moindre événement du milieu hippique. Il attendait pour cela de s'offrir un ticket d'entrée dans ce hobby qui avait ensoleillé son enfance et auquel il n'avait pas encore eu le temps de s'adonner pleinement. Peut-être aurait-il dû étudier un peu mieux le dossier avant de suggérer cette association ? Cela lui ressemblait peu de prendre des décisions au pied levé en affaires. Néanmoins il suivait toujours son instinct lorsqu'une opportunité se présentait, et le contexte ici lui avait paru parfait pour ce qu'il avait en tête.

Karim boutonna sa veste de smoking et avisa dans un coin de sa table de travail l'écrin de velours qui lui avait été livré à l'instant. La bague de fiançailles. Choisie par la styliste. Il s'en saisit et le contempla un moment, songeur, avant de fourrer l'écrin dans sa poche de pantalon sans l'ouvrir, agacé par cette brève hésitation. Quelle importance, l'allure de la bague ? Tant qu'elle était à la bonne taille…

Il sortit de son bureau d'un pas décidé et pila net en arrivant dans le hall. Orla, qui lui tournait le dos, ne l'avait pas entendu venir. Sa robe argentée, très décolletée dans le dos, chatoyait sous le lustre, le tissu moiré dévalant ses courbes graciles comme une cascade. Ses cheveux couleur feu étaient ramassés en un chignon piqueté de diamants étincelants très élégant dont s'échappaient quelques mèches rebelles sur la nuque, qui évoquèrent aussitôt pour Karim la fougue intempestive avec laquelle son baiser lui avait été rendu.

Son corps se raidit aussitôt de désir. Il plongea les mains dans ses poches pour résister à l'envie absurde de faire glisser les fines bretelles de la robe pour planter les dents sur l'arche délicate de cette nuque.

— Orla ?

Elle pivota vers lui.

Le choc lui ôta le peu d'air qui parvenait encore à ses poumons.

— Mais qu'est-ce que vous portez là ? grommela-t-il malgré lui.

Le décolleté plongeant entre ses seins haut placés offrait une tentation diabolique. D'autant qu'elle ne portait pas de soutien-gorge, visiblement.

— Vous… Vous n'aimez pas ? demanda Orla, croisant les bras comme pour se soustraire à sa vue.

Karim releva les yeux vers son visage empourpré. Elle était maquillée avec soin, paupières charbonneuses, lèvres pulpeuses et brillantes… L'envie le submergea de goûter de nouveau cette bouche si tendre. Il se força à traverser le hall lentement, essayant à chaque pas de tempérer sa réaction disproportionnée. Il avait croisé des femmes bien plus court vêtues dans les soirées mondaines, sans parler de ses conquêtes, qui s'affichaient dans des tenues très osées sans que cela lui ait jamais posé problème. Était-ce le fait que celle-ci soit sa fiancée ?

Allons, c'était absurde. Ses fiançailles étaient une fiction ! Et quand bien même elles seraient réelles, depuis quand était-il possessif à ce point ?

En vérité la robe était parfaite, se dit-il avec effort, hypnotisé par l'étoffe scintillante. À la pointe de la mode, sans doute conçue par un créateur très célèbre qui avait pris très cher pour étaler au vu de tous le corps voluptueux et indompté de sa toute jeune fiancée. L'effet était exactement celui qu'il avait exigé de la styliste – tirer le meilleur profit des atouts d'Orla. Par malheur il n'avait pas conscience, au moment de formuler sa demande, de l'éventail des atouts en question, et moins encore de sa réticence à en faire profiter les autres invités.

— Si si, Orla, la robe est très bien, bredouilla-t-il en arrivant près d'elle.

Il lui prit délicatement le coude. Elle tressaillit. Une réplique parfaite de leur premier contact électrique ce matin-là…

Comme elle se tournait en pleine lumière, il resta un instant subjugué par le bouquet de taches de rousseur émaillant le décolleté et le sein nu qui se laissait deviner au-delà. Le pouls battait fort à la base de la gorge, d'où montait un parfum entêtant qui lui évoqua un jardin campagnard, mélange de fleurs sauvages et d'herbe fraîchement tondue. Il refoula une envie d'approcher les narines de la peau translucide et de dessiner la ligne gracile du cou à petits coups de langue.

— Vous êtes sûr, monsieur Khan ? demanda Orla, le ramenant brutalement au présent. La styliste en a peut-être une autre à me proposer si elle ne vous plaît pas…

Des petites dents blanches mordillaient la lèvre inférieure. Karim se demanda, et ce n'était pas la première fois, si Orla était aussi expérimentée qu'elle l'affirmait. Mais pourquoi diable sa candeur le grisait-elle à ce point ?

— Cette robe me plaît. Vous n'avez pas le temps de vous

changer. Et cessez de m'appeler M. Khan. Mon prénom est Karim. D'ailleurs tutoyons-nous maintenant, comme les vrais amants, ajouta-t-il en l'entraînant vers la sortie où une voiture les attendait.

Il avait hâte d'en terminer avec cette soirée pour pouvoir réfléchir à tête reposée. À quand remontait la dernière fois où une femme l'avait excité à ce point ? À la vérité, ses liaisons étaient assez fades ces derniers temps. Si cette attraction brûlante tombait assez mal, ma foi, elle pouvait aussi se révéler agréable et stimulante pour l'un et l'autre… Mais avant de renégocier les termes de leur contrat, il devait s'assurer que sa fiancée fictive ne lui réservait pas d'autres surprises indésirables.

Il lui ouvrit la portière du cabriolet qu'il avait choisi pour se rendre au bal du Jockey Club. Comme Orla se glissait sur son siège, la fente de la robe lui offrit un généreux aperçu d'une cuisse pâle et ferme. Karim jura en son for intérieur en sentant son corps flamber de plus belle et claqua rageusement la portière avant de contourner le capot. Demain à la première heure, cette styliste diabolique serait renvoyée dans ses foyers.

M. Khan… *Karim* était manifestement en colère, et Orla se demandait ce qu'elle avait fait de mal.

D'accord, cette robe minimaliste qui l'exposait aux regards la rendait un peu gauche – elle n'avait jamais porté de tenue aussi osée, ni aussi belle. La styliste avait affirmé qu'elle lui allait comme un gant et ferait de son fiancé son « esclave », selon ses propres termes. Elle ignorait bien entendu, comme tous les employés de Karim, qu'ils s'aimaient pour de faux, et que, même en dansant nue devant lui, elle ne le mettrait jamais à ses pieds.

Pourtant, lorsqu'elle avait croisé en se retournant dans le hall le regard de Karim, si intense qu'il avait fait vibrer sa peau sous l'étoffe légère, elle avait compris que quelque chose n'allait pas. Mais vraiment pas. Il semblait mécontent... Tout près d'exploser, même. Et depuis, une certaine raideur dans ses gestes évoquait une colère contenue à grand-peine. Il ne manquait plus que ça ! Elle qui se remettait à peine du choc de son apparition en smoking ultra chic, plus ténébreux que jamais...

Elle tenta de rassembler ses esprits. Que faire pour améliorer les choses ? Avec un peu plus d'expérience des relations intimes, elle aurait peut-être eu des idées, mais...

Le cabriolet ronronnait, mais avant de se mettre en route Karim tira de sa poche un écrin de velours et le lui tendit.

— Enfile ça, dit-il, laconique.

Orla ouvrit le petit écrin. D'un seul coup, ses oreilles se mirent à bourdonner au rythme des vibrations assourdies du moteur parfaitement huilé.

Nichée dans le satin noir, une bague ravissante, composée d'anneaux entrelacés d'or rose et d'argent incrustés de diamants et couronnés d'une émeraude. Le vert luxuriant de la gemme lui rappela la couleur des champs à Kildare frappés par les premiers rayons du soleil un matin d'été.

— Magnifique, murmura-t-elle, la gorge nouée.

Ce moment était si différent de celui où Patrick Quinn lui avait offert une bague de fiançailles... À l'époque évidemment, elle était convaincue d'être aimée, parce qu'elle était encore une enfant pétrie de rêves romantiques ridicules, et non une femme lestée de dettes impossibles à rembourser.

L'impact de ce qu'elle avait fait ce matin l'atteignit brusquement en plein cœur. Se fiancer pour de l'argent. Elle effleura la bague d'un doigt tremblant.

— Donne-moi ta main, dit Karim en s'emparant de l'écrin.

Docile, elle tendit la gauche, sensible plus que de raison à la chaleur de sa paume tandis qu'il refermait doucement les doigts sur les siens. Les tremblements cessèrent comme par magie.

— Quelque chose ne va pas ? demanda-t-il.

Orla releva les yeux. Dans son regard, elle détecta beaucoup d'attention et quelque chose qui semblait toujours explosif, mais pas nécessairement dirigé contre elle.

Une vive chaleur lui monta aux joues comme une pensée inopportune la traversait. Quel effet cela ferait-il d'être choyée, chérie, protégée par un homme aussi puissant et passionné que Karim Khan ?

— Non, rien, dit-elle très vite.

Au diable ces rêveries absurdes. Elle n'avait nul besoin d'un homme pour la protéger, et surtout pas d'un Karim Khan, taciturne, cynique… Et bien trop envoûtant pour une fille simple comme elle. Craquer pour ce genre d'homme serait plus périlleux encore que de s'amouracher d'un minable comme son ex. Orla serra le poing, puis détendit de nouveau les doigts. Qu'il n'aille surtout pas la prendre pour une sentimentale ou s'imaginer qu'elle se faisait des idées sur leur relation !

Karim caressa du pouce l'annulaire avant d'y glisser la bague.

— Dieu merci, elle te va, murmura-t-il.

Les minuscules diamants scintillaient dans le halo d'un réverbère proche, ravissants, si délicats. Orla referma la main et la posa près de l'autre sur ses genoux, troublée par le contact de Karim, mais aussi par le poids de cette bague qui ne lui appartenait pas vraiment.

Cette création signée, comme indiqué sur l'écrin, de célèbres joailliers londoniens, avait dû coûter une fortune. C'était sans doute l'idée de porter un objet aussi précieux, même un petit moment, qui posait problème, et non la vision de Karim Khan lui passant cette bague au doigt, puisque ce geste n'avait aucune signification réelle.

— J'en prendrai grand soin avant de vous… de *te* la rendre, balbutia-t-elle.

— Et pourquoi voudrais-tu me la rendre ?

Orla scruta en vain le visage de son chauffeur retranché dans l'ombre, hors de la lumière du réverbère. Parlait-il sérieusement ?

— Tu n'en auras pas besoin pour tes futures fiançailles, les vraies ? balbutia-t-elle. Un bijou aussi précieux…

Il pouffa comme si elle venait de prononcer une ânerie monumentale.

— Garde-la. La styliste l'a choisie pour toi, elle n'ira à personne d'autre, dit-il en enclenchant la marche avant. De toute façon, une fois cette histoire terminée je ne risque pas de recommencer !

Tandis que la décapotable se glissait dans la circulation, ce commentaire acerbe résonna dans la tête d'Orla, traversant sa fine couche de confiance pour aller toucher la jeune fille abandonnée cachée en dessous.

La légère brise d'été lui fouettait les joues. Elle inspira doucement, déterminée à ignorer le sentiment d'infériorité qui la gangrenait de l'intérieur. En pure perte… Brusquement les heures à venir, où elle devrait faire semblant d'appartenir au cercle privilégié de Karim Khan et offrir l'image d'une amoureuse épanouie, lui parurent un défi insurmontable.

— J'ai raconté à Phillip Carstairs et à mes conseillers financiers que nous nous étions rencontrés lors de ma visite du haras, et que mes sentiments pour toi m'avaient poussé à régler tes dettes.

Orla émergea brutalement du puits sans fond de ses pensées négatives.

— Pardon ? Tu disais ?

— L'histoire de notre rencontre ébouriffante, tu te rappelles ? Je suis resté vague. Si on t'interroge, réponds simplement que cette union découle d'une passion commune pour les courses de chevaux et… de notre merveilleuse alchimie, qui semble ne pas être tout à fait fictive, à en juger par ce qui s'est passé ce matin, acheva Karim après un bref silence.

Il braqua un instant les yeux sur elle avant de reporter

son attention sur la route. Orla frissonna et déglutit péniblement. Il avait donc partagé son ressenti… Elle se demanda pourquoi cela la déstabilisait plus encore d'entendre cela.

— Ce n'est pas une base très solide pour un mariage, dirais-je, répliqua-t-elle avant de se mordre la lèvre.

— Pardon ?

Orla regrettait déjà ses paroles, mais le mal était fait. Et puis, elle était lasse de s'inquiéter constamment à l'idée de dire ou de faire ce qu'il ne fallait pas. S'ils se parlaient davantage, peut-être Karim comprendrait-il qu'elle faisait de son mieux ?

Elle s'éclaircit la voix :

— Une passion commune et une alchimie, c'est un peu léger pour s'engager.

Ils venaient de s'arrêter au feu rouge de Hyde Park Corner. Illuminés par-dessous dans le crépuscule naissant, les colonnes corinthiennes de l'arc de Wellington au centre du rond-point arboré et le quadrige au galop taillé dans le bronze en imposaient. Ce n'était rien toutefois comparé au silence régnant dans la voiture, ou à la mine renfrognée de son chauffeur. Elle percevait de nouveau sa désapprobation – elle devenait très douée pour remarquer tout au moins cela chez lui – tout en se refusant à s'excuser. La discrétion n'était pas la posture idéale pour traiter avec Karim Khan, trancha-t-elle, car cela ne pouvait que lui laisser davantage de pouvoir, et entretenir son propre sentiment d'infériorité.

Elle attendit sa réaction, le cœur battant.

— Je ne suis pas d'accord, dit-il enfin, rompant ce silence insoutenable. L'alchimie a suffi à mon père pour se marier quatre fois.

Quatre fois !

Orla resta interloquée, mais elle nota surtout l'amertume dans la voix de Karim. Pas étonnant que cet homme ait une vision aussi cynique de l'amour, avec un modèle pareil.

— Eh bien, cela tendrait plutôt à me donner raison, répliqua-t-elle.

Le feu passa au vert. Karim redémarra pied au plancher.

— Vraiment ? dit-il en doublant un camion de livraison avant de tourner sur Piccadilly.

— S'il avait un peu plus réfléchi, il n'aurait peut-être pas recommencé trois fois.

Karim se pinça les lèvres. Orla craignit d'être allée trop loin. La vie sentimentale de son père ne la regardait pas. Le ton détaché de Karim non plus. Le moment était vraiment mal choisi pour engager une querelle avec lui…

— C'est juste, commenta-t-il soudain contre toute attente. Mais incorrect, s'agissant de mon père.

— Comment cela ?

Il lui lança un nouveau regard en coin. Surtout ne pas flancher… Le sujet lui déplaisait ? Tant pis. Elle avait besoin d'informations pour jouer correctement son rôle d'amoureuse ce soir et éviter un faux pas majeur.

Elle songea à ses propres parents. Leur mariage avait connu une fin tragique, mais elle n'avait pas oublié la complicité qui les liait. C'étaient les signes d'intimité dès qu'ils étaient ensemble, les plaisanteries dont ils riaient sous cape, les regards échangés en douce alors qu'ils se croyaient seuls, qui témoignaient de leur amour, tellement plus forts qu'une démonstration bruyante d'émotion ou de désir.

De telles manifestations de tendresse étant étrangères à Karim, à en juger ces révélations sur son père et sa réaction cinglante la veille à la mention du mot « amour », ce serait à elle de les improviser pendant la soirée, et elle n'y parviendrait pas sans en savoir davantage à son sujet…

Il poussa un soupir désabusé.

— En fait, mon père avait deux raisons de se marier. Une gratification sexuelle et la production d'héritiers mâles. Seules deux de ses épouses ont réussi, ma mère et celle de mon jeune frère Dane, précisa-t-il. Mais elles l'ont quand même lassé, il s'en est débarrassé au bout de quelques années.

Ce ton lisse, pour décrire un monstre arrogant qui se croyait tout permis ! Mais son visage tendu lui apparut à la faveur des flashs rouge et or d'un panneau publicitaire, comme ils traversaient Piccadilly Circus. Était-il réellement insensible à la conduite de son père, ou seulement très doué pour cacher son indignation ?

— Il semble ne pas avoir l'étoffe d'un mari, commenta-t-elle. Ni d'un père.

— Exactement. Mais les seules femmes qui en ont souffert sont celles qui ont commis l'erreur de croire à d'autres aspirations de sa part.

— Et ses enfants ? demanda doucement Orla.

— Dane et moi avons survécu sans lui.

Il semblait toujours aussi peu affecté, et même amusé à l'idée qu'un enfant aurait besoin d'un père…

Quelle tristesse, songea Orla. Comment s'étonner après cela qu'il considère une relation intime comme une simple transaction commerciale ? Elle avait vu son propre père changer après la mort de sa mère, et laisser le chagrin puis le démon du jeu détruire leurs vies, mais il avait élevé ses filles dans l'amour. Que serait-ce aujourd'hui, si elles n'avaient pas bénéficié de ce soutien ?

Un silence se fit dans l'habitacle, jusqu'à ce qu'une nouvelle question lui vienne à l'esprit.

— Ne seras-tu pas contraint de te marier aussi pour engendrer des héritiers, en ta qualité de prince héritier ?

— Mon père est de cet avis, mais pas moi, répliqua-t-il d'un ton glacial. À la vérité, ce sont surtout ses tentatives pour me forcer la main en la matière qui m'ont conduit à t'acheter, ajouta-t-il en lui jetant un bref regard.

Orla battit des cils et sentit soudain le froid l'envahir, en dépit de la douceur de cette belle soirée d'été. Elle se frotta les bras tout en songeant : voilà pourquoi il avait eu besoin d'une fiancée fictive. Pour empêcher son père de l'obliger à se marier. C'était compréhensible, en un sens. Mais elle se sentit triste pour lui. Une relation aussi problématique avec un parent ne pouvait faire de bien à personne…

Il arrêta le cabriolet non loin du Chesterton Hotel et tendit les clés au voiturier qui se précipitait à leur rencontre avant de mettre pied à terre.

La rue devant l'hôtel avait été condamnée. Un tapis rouge couvrait les pavés séculaires, flanqué d'une haie de photographes. Karim l'escorta à travers la mêlée, une main rêche posée sur son dos nu. La température de son corps grimpa en flèche…

Une angoisse si violente la saisit au moment de franchir le seuil à son bras qu'elle chassa aussitôt de ses pensées toute idée de compassion. Karim Khan n'était pas du genre à inspirer la pitié, quelles que soient les tempêtes endurées dans l'enfance. Ce n'était pas un petit garçon privé d'amour, mais un leader puissant, charismatique et d'un cynisme ravageur. Les circonstances qui avaient contribué à façonner ce personnage importaient peu ce soir, et elle ferait bien de ne pas l'oublier. En dépit du courant qui passait entre eux, leur relation n'était qu'un simulacre. Un contrat dont elle se devait d'honorer sa part coûte que coûte, quand bien même se glisser dans la peau d'une candidate crédible au mariage avec Karim Khan, prince héritier du Zafar, exigerait une performance de comédienne digne d'un Oscar.

6.

— Cela ne te dérange pas si je vais me rafraîchir un moment ?

La voix douce d'Orla détourna Karim de sa conversation avec un jockey français, ancien champion à la retraite. La fatigue se lisait dans ses yeux et sur ses traits tirés…

Quatre heures déjà qu'ils évoluaient ici en couple. Orla avait joué son rôle avec talent, en dépit d'un trac palpable au tout début. Elle l'avait impressionné par l'éventail de ses connaissances et sa vision de la course hippique. Si son réseau de contacts s'était révélé moins riche qu'il ne l'avait espéré, du moins elle maîtrisait la question.

Au fil de la soirée toutefois, plus que ses compétences c'était sa performance de fiancée amoureuse qui l'avait bluffé. Alors que d'autres se seraient pendues à son bras en multipliant les flatteries, Orla avait rougi à profusion sous les félicitations présentées par les autres invités, renforçant ainsi la crédibilité de leur rencontre « ébouriffante ».

Comédie ou pas, il ne l'avait pas quittée des yeux et s'était pris au jeu tant leur connexion physique s'affirmait d'heure en heure, grisé par la façon dont elle retenait son souffle dès qu'il la touchait, par ses frissons lorsqu'il l'enlaçait pour la présenter… Mieux, il avait dû écourter leurs slows sur la piste, son corps souple et si réactif lui donnant des idées de danses d'un tout autre style.

Tant et si bien qu'il devenait compliqué de se concentrer sur l'objectif déclaré de ces fausses fiançailles. Agaçant. Surtout après les indiscrétions échangées sur le trajet en voiture.

En temps normal il ne répondait jamais aux questions sur sa famille, même venant de ses conquêtes. Pourquoi s'était-il épanché sur sa relation avec son père ? Voilà plus de dix ans qu'il refusait de voir le chacal, et bien plus longtemps encore qu'il ne mettait plus les pieds au Zafar. Si son titre royal lui était utile à l'occasion dans ses affaires, la politique l'indifférait. Il n'avait aucune intention de monter sur le trône un jour. Son père lui avait coupé les vivres à dix-huit ans, devant son refus de se marier ou d'engendrer des héritiers, alors pourquoi diable avoir parlé à Orla d'une relation dont il n'avait plus rien à faire ?

Son franc-parler l'avait enjôlé. Il n'y avait pas d'autre explication. Son regard aussi, tellement étrange, lorsqu'il avait évoqué les quatre noces de son père... Un regard dont l'impact lui plaisait de moins en moins. Il éprouvait un besoin irrépressible de la garder auprès de lui et s'irritait de voir d'autres hommes succomber à son charme. Depuis quand se laissait-il aller à la jalousie ? Et pour les beaux yeux d'une femme avec laquelle il n'avait même pas couché, encore !

Il retira à contrecœur sa main de la taille d'Orla.

— Bien sûr, dit-il. Nous devrions peut-être partir bientôt ?

Un étonnement las se peignit sur ses traits.

— Je... Oui, Karim. Si tel est ton désir.

D'une façon perverse, sa déférence l'irrita plus encore. Il la regarda fendre la foule en se demandant où était passée la femme qui l'avait embrassé passionnément ce matin-là, puis interrogé avec tant d'opiniâtreté dans la voiture. Dans la salle, plus d'un invité la suivait des yeux. Il sentit aussitôt resurgir l'instinct de possession qui l'avait tenaillé toute la soirée.

— Vous êtes un homme d'une patience admirable, monsieur Khan, fit observer avec un petit sourire son interlocuteur, dont il avait déjà oublié le nom.

— Pourquoi donc ?

— Si j'avais une telle compagne, je la retiendrais au lit plutôt que de laisser d'autres hommes admirer ses appas des heures durant.

Karim pivota, les poings serrés.

— Qu'est-ce que vous venez de dire ?

— Nul besoin de vous indigner, monsieur, se récria l'ancien jockey, levant les mains en signe de reddition sans perdre son petit sourire presque compatissant. Je n'entendais offenser ni vous ni votre fiancée.

— Alors expliquez-vous, gronda Karim, conscient d'en faire un peu trop, mais incapable de se retenir.

— Mlle Calhoun est exquise, voilà tout. Non pas seulement fraîche et belle, mais intelligente et talentueuse. Je suis un vieil homme et je vous envie la vie qui vous attend avec cette épouse à vos côtés.

Ce romantisme échevelé ! Karim se rembrunit et prit congé avant de s'éloigner, enragé de sentir sa frustration réactivée par un simple commentaire présomptueux.

Son ventre se nouait de regret à l'idée qu'Orla n'était pas à lui. La piste était pleine à craquer dans la salle de bal et qu'elle soit ou non sa femme il n'avait aucune envie que d'autres « admirent ses appas ». Dès son retour des vestiaires ils lèveraient le camp.

Alors peut-être réussirait-il à se calmer suffisamment pour comprendre comment sa fausse fiancée s'était débrouillée pour compliquer un contrat d'affaires simplissime, porter son corps à ébullition et faire de lui un homme qu'il reconnaissait à peine, le tout en une seule soirée.

— Dansons tous les deux, Orla.

Orla eut à peine le temps d'enregistrer la demande. Une paume moite se saisit de son poignet et un visage tout rouge criblé de taches de rousseur surgit devant elle.

— Patrick !

Elle se raidit comme le ventre à présent rebondi de son ex se pressait contre le sien. Alors qu'elle reculait pour s'enfuir, un bras d'acier se referma autour de ses hanches et l'entraîna vers la piste.

— Tu es belle à croquer, tu sais.

Le regard bleu pâle plongea lascivement vers ses seins. Une goutte de sueur sur la tempe atterrit sur son épaule, tandis que des relents de bière et de whisky lui parvenaient aux narines. Dire que ce regard lui avait donné un jour des frissons d'excitation ! Ce soir sa peau se rétracta de dégoût. Elle planta les pieds au sol comme il tentait de la faire onduler avec lui.

— Lâche-moi, Patrick, gronda-t-elle.

Elle l'avait repéré dans la foule depuis un moment sans qu'il la voie, à son vif soulagement. Puis elle l'avait oublié, toute son énergie concentrée sur sa prestation auprès de Karim.

Elle avait tenté de déployer intelligence et autorité en discutant avec des figures du milieu hippique qu'il s'agissait d'impressionner, le but étant de prouver à son employeur que la mission décrochée la veille de haute lutte était taillée pour elle. Pas si simple. La proximité de Karim, qui ne l'avait pas lâchée de la soirée, la troublait de plus en plus, au point qu'il devenait parfois difficile de formuler des phrases cohérentes.

Il avait fallu danser avec lui… Un vrai supplice, pour elle qui ne sortait plus depuis des années. Lui, avait la grâce souple et aisée d'un homme connecté à son corps. Ce contact rapproché l'avait étourdie, grisée, au point de lui faire perdre complètement le rythme. Résultat, son cavalier avait arrêté les frais au beau milieu de la chanson. Deux fois.

Non seulement sa performance laissait à désirer, mais plus Karim se montrait attentionné, plus elle avait du mal à se rappeler qu'il s'agissait d'un travail. Et loin de la soulager, la perspective de quitter bientôt les lieux lui avait valu un coup de chaud à l'idée de se retrouver de nouveau en tête à tête avec lui.

— Farouche avec ça, commenta Patrick, la ramenant brutalement au présent.

Il la serrait contre son ventre si étroitement que le doute n'était plus permis. Il était ivre *et* excité. Prise de nausée, elle se démena pour lui échapper. Loin d'elle l'idée de créer un scandale, mais Patrick était franchement abject. Comment avait-elle pu s'enticher de lui à une époque ?

— Pat, ce n'est pas drôle, lâche-moi, bon sang !

— Ah… Boucle-la, Miss Coincée… Tout ça parce que mademoiselle a mis le grappin sur une altesse exotique !

Il esquissa un sourire mauvais, qu'elle reconnut parce qu'il avait le pouvoir naguère de la piquer au vif.

— Il sait que tu es un vrai glaçon, ou pas encore ? persifla-t-il. À moins que tu te sois enfin envoyée en l'air ?

Le sang d'Orla ne fit qu'un tour. Pas question de se laisser encore humilier par Patrick Quinn, alors que c'était lui qui l'avait trahie et abandonnée ! Elle dégageait sa main, prête à le gifler à toute volée, lorsqu'un rugissement s'éleva derrière eux.

— Enlève tes sales pattes de ma fiancée !

Karim, le visage crispé de fureur, fendit le flot des danseurs tel Moïse la mer Rouge. La pression des bras de Patrick se relâcha si brutalement qu'elle chancela. Karim lui saisit le coude pour l'amener contre lui et la contempla d'un air réellement inquiet. L'émotion qu'elle avait combattue toute la soirée la submergea d'un coup.

— Ça va ? demanda-t-il. Il t'a fait mal, ce petit fumier ? Je l'ai vu t'attraper, mais j'étais trop loin…

— Non… Je vais bien.

Patrick, en vrai froussard, avait déjà disparu.

Tout cela entrait-il dans leur mise en scène ce soir ? Le prince jaloux défendant l'honneur de sa dulcinée ? Consciente des regards du public braqués sur eux, Orla tenta de s'en convaincre, mais son pouls s'affolait devant l'attention que lui portait Karim et refusait de coopérer. À croire qu'il ne voyait qu'elle en cette seconde. C'était absurde, mais si exaltant !

Voilà si longtemps que personne ne s'était montré aussi prévenant à son égard… Si longtemps que personne n'avait pris soin d'elle au point de voler à son secours comme venait de le faire Karim Khan.

— Attends-moi ici, dit-il, rompant net cette connexion assez hallucinante. Je vais donner à ce type une leçon qu'il n'est pas près d'oublier…

— Karim, non ! S'il te plaît, s'écria-t-elle en posant la main sur son bras. Pat n'en vaut pas la peine.

Son bras… Ces muscles tendus sous la manche… Un frisson de volupté la traversa.

Comment pouvait-elle se laisser griser à ce point, alors que la soirée tournait au désastre… Non contente de se donner en spectacle, elle perdait prise sur la réalité maintenant.

— Tu connais ce bâtard ? s'exclama Karim.

Orla hésita, n'ayant aucune envie d'évoquer des souvenirs mortifiants devant cet homme qui la faisait fondre.

— Oui, répondit-elle avec effort en détournant la tête. C'est Patrick Quinn, mon ex-fiancé.

— Tu trembles, Orla. Tu es sûre que ça va ?

La voix de Karim lui parut venir d'un au-delà du monde.

— Je… Je crois que je vais vomir.

— Au diable tout ça, marmonna-t-il.

Il se pencha pour la soulever dans ses bras.

— Qu'est-ce que tu fais ? protesta faiblement Orla, effarée de se sentir à ce point protégée, choyée, chérie…

Ce n'est pas réel. Ne rêve pas !

Elle enfouit le nez malgré elle dans le cou de Karim pour échapper aux regards curieux qui ne lui rappelaient que trop cet horrible jour de printemps où elle avait dû annoncer, le soir de ses fiançailles, que celles-ci étaient rompues.

— On s'en va, gronda-t-il en pressant le pas.

Les doigts verrouillés sur sa nuque, elle ferma les yeux

et aspira à longs traits son odeur, une odeur toute simple de savon, pour se donner l'air dont elle avait grand besoin et chasser les relents rances de sueur et de whisky comme les souvenirs amers.

Karim dévala les marches du perron du Chesterton en maugréant dans sa barbe. Patrick Quinn allait regretter de l'avoir touchée, et toute sa famille avec, une fois leur entreprise atomisée !

Ses mains tremblaient en reposant Orla sur ses pieds.

— Comment va l'estomac ?

— Mieux, répondit Orla en s'écartant.

Il enfonça les mains dans ses poches pour s'empêcher de la toucher encore. Et se dit fermement que sa fureur serait la même si Quinn avait traité n'importe quelle femme de cette manière.

Un souvenir refit surface aux confins de sa conscience.

C'est bon, Karim. Il ne voulait pas me faire mal, sa main a glissé.

Sa mère, son visage si pâle, hors l'hématome violacé sur une joue.

Il repoussa cette image en même temps que le brusque sentiment de faiblesse et d'impuissance qui l'accompagnait.

Orla n'était pas sa mère. Elle n'était même pas réellement sa fiancée. Elle ne signifiait rien pour lui. Son indignation à la vue de Quinn l'entraînant contre son gré sur la piste de danse n'avait rien de personnel, c'était une réaction naturelle devant une femme traitée avec un manque de respect aussi flagrant.

— Je suis désolée d'avoir créé un scandale, dit-elle en regardant ses pieds.

— Ne t'excuse pas, répliqua Karim d'un ton plus sec qu'il ne l'aurait voulu.

La rage ne le lâchait plus. Rien de personnel, vraiment ?

Tout à l'heure Orla s'était suspendue à son cou et, au lieu de s'en agacer, il ne rêvait que de la retenir contre lui plus longtemps. Il détestait voir des ombres dans ses yeux. Un instinct le poussait à les chasser, alors que cela devrait l'indifférer…

Que se passait-il donc ici ? Il semblait incapable d'arrêter le cours des choses, et cela ne lui plaisait pas du tout. D'un signe, il alerta le voiturier. Il fallait se calmer maintenant, reprendre ses esprits.

— Merci, ajouta Orla d'une petite voix.

— Mais de quoi donc ?

— D'être venu à mon secours, dit-elle avec une simplicité qui lui serra le cœur. Sans rien me reprocher.

— Ce n'était pas ta faute, voyons.

Le prenait-elle pour un monstre ? Un monstre comme…

Karim s'ébroua. Pas question de penser à son père, surtout pas maintenant, alors que la femme embauchée pour mystifier son père l'avait mystifié, lui, jusqu'à instiller dans son corps des émotions qu'il n'avait aucune envie de ressentir.

Le cabriolet se présenta quelques secondes plus tard. Karim tendit un pourboire au voiturier et ouvrit la portière passager. Orla se faufila sur son siège, lui offrant un nouvel aperçu du paradis sous sa robe. Son souffle heurté soulevait sa poitrine en faisant scintiller l'étoffe. Elle ne semblait pas beaucoup plus sereine que lui…

— J'ai tout gâché ce soir, murmura-t-elle lorsqu'il se glissa derrière le volant. Si tu souhaites me renvoyer… Je ne t'en voudrai pas.

Prêt à démarrer, Karim suspendit son geste pour fixer sa passagère. Sérieusement, que croyait-elle avoir gâché au juste ? Sa mission ? Elle avait si bien joué son rôle qu'il avait même commencé à y croire lui aussi !

Quelque part, il savait qu'il ferait bien de la prendre au mot et de mettre un terme à cette mascarade qui se révélait plus complexe que prévu. Seulement, il en était incapable.

Il lança le moteur avant de lui poser la question qui, pour une raison mystérieuse, lui trottait dans la tête depuis un moment.

— Pourquoi l'appelles-tu Pat ? Tu as encore des sentiments pour ce bâtard ?

— Oh ! non, pas du tout ! Je ne pense plus à lui depuis des années…

— Qu'est-ce qui s'est passé avec lui ?

Il regretta aussitôt sa question. Les relations antérieures d'Orla ne le regardaient pas…

Un brin de curiosité était pardonnable, sans doute. Quinn avait sûrement été son premier amant.

Il tapota le volant du pouce et rétrograda pour tourner dans Shaftesbury Avenue en attendant la réponse, qui venait moins vite que la première. Son impatience grandit tandis qu'ils passaient devant la rangée des théâtres aux portes closes à cette heure, puis s'engageaient dans Chinatown dans les lueurs tachetées des lampions et lanternes de papier.

— Nous étions très jeunes, dit-elle enfin comme il s'arrêtait au feu rouge du croisement avec Haymarket. Nous avons fini par comprendre que nous n'étions pas faits l'un pour l'autre.

Il lui jeta un bref regard. Cette légère hésitation dans sa voix, ses joues rosies… Elle mentait. L'histoire ne s'arrêtait pas là.

Les questions se bousculèrent dans sa tête. Combien de temps étaient-ils restés ensemble ? Pour quelle vraie raison avaient-ils rompu ? Ce bâtard la traitait-il à l'époque aussi mal que ce soir ? Karim jugea néanmoins préférable de se taire. La fraîcheur nocturne apaisait quelque peu son effervescence. De toute façon, dès qu'il lui aurait fait un sort, Quinn ne commettrait plus l'erreur de rudoyer Orla. Dont le passé, sincèrement, n'était pas son affaire.

Le reste du trajet s'effectua en silence. La colère s'estompait, laissant toute la place au désir qui l'avait rongé toute la soirée. Il sentait la charge électrique entre eux vibrer comme une petite chose vivante, un souffle. Orla la sentait aussi, il en était sûr. Était-ce pour cela qu'il n'avait pas envie de la lâcher ?

À peine avait-il stoppé la voiture dans le garage derrière la maison qu'elle bondit au-dehors.

— Auras-tu besoin de moi demain ? demanda-t-elle en s'éloignant à reculons.

— Non.

— Pourrais-je retourner à Kildare quelques jours, dans ce cas ? s'enquit-elle encore, rouge comme une tomate, alors que son dos heurtait la porte d'entrée.

— Non, répliqua Karim, atterré à la seule idée qu'elle quitte le pays. Des jeunes fiancés ne se quittent pas si vite, Orla.

— Mais si ma présence ici n'est pas indispensable... Je suis certaine de pouvoir me rendre utile là-bas. Ne serait-ce que pour aider ton équipe à prendre le relais le moment venu...

Son souffle s'enrayait, attirant de nouveau le regard de Karim vers le tissu brillant du décolleté. La pente douce d'un sein dénudé se laissait entrevoir dans la découpe de cette fichue robe qui avait joué à cache-cache avec lui toute la soirée.

— J'ai dit non. Je vais y aller le mois prochain, tu pourras m'accompagner à ce moment-là. J'ai déjà embauché un nouveau gérant.

— Oh ! Je vois, murmura-t-elle, déçue.

Pas question de se sentir coupable – leur contrat était très clair. Orla tressaillit comme il s'avançait vers la porte.

— Je te contacterai dès qu'un autre événement se présentera, dit-il, s'efforçant de se concentrer sur le travail plutôt que sur la douce ondulation de ses seins libres.

— Et d'ici là, que suis-je censée faire ?

Plusieurs réponses vinrent à l'esprit de Karim, chacune d'elles aiguillonnant son désir.

— Attendre mes instructions, répondit-il d'un ton si brusque qu'elle tressaillit. Est-ce que c'est clair ?

Il déverrouilla la porte et s'effaça devant elle, captant au passage une bouffée de ce parfum qui mettait ses sens à vif.

Une pointe de rébellion affleura dans les yeux d'Orla, dont les iris virèrent à l'émeraude le plus profond.

— Bien sûr, Votre Altesse.

Avant qu'il ait pu réagir, elle passa devant lui en trombe et disparut vers le fond du hall.

Karim referma la porte derrière lui en refoulant son envie de lui courir après. Le souvenir de son regard méfiant, si vulnérable dans ses bras tout à l'heure l'en empêchait. Sa poitrine se serra comme il revivait ce bref instant où elle s'était agrippée à lui, confiante comme une enfant.

La grande horloge ancienne du hall sonna les douze coups de minuit. Pousser cette affaire plus loin serait une erreur. Le sexe était une chose, l'intimité en était une autre. Jamais il ne se hasarderait à les mélanger.

7.

— Fiancée à un prince ! Oh ! Orla… C'est fou ! Je sais qu'il est canon et tout, mais je ne pensais pas que c'était du sérieux à ce point…

Au son de la voix hallucinée de sa sœur, Orla crispa les doigts sur le téléphone.

— Dervla, encore une fois, on ne sort pas vraiment ensemble, on fait semblant, chuchota-t-elle, inquiète à la pensée qu'on puisse l'entendre du rez-de-chaussée.

— Mais j'ai vu des photos où il te portait dans ses bras au moment de quitter le bal du Jockey Club… Elles sont dans tous les magazines ici ! C'est si romantique, soupira Dervla. Il n'est pas tombé fou amoureux de toi par accident, tu es sûre ?

Orla sentit sa gorge se nouer en repensant à l'émotion absurde qui l'avait submergée une semaine plus tôt, lorsqu'il avait volé à son secours tel un ange gardien… Ou un fiancé protecteur. Ce moment lui revenait sans cesse en mémoire, mais de toute évidence il ne se répéterait pas. Elle avait à peine croisé Karim deux fois depuis, autour d'un petit déjeuner. Il s'était montré distant et impersonnel avant de disparaître pour la journée. La conversation avait porté exclusivement sur le hippisme. Karim tenait à avoir ses lumières sur ce sport, sur le haras Calhoun… Leurs échanges avaient été étonnamment stimulants. Il en savait bien plus qu'elle ne l'avait cru, en fait. Sa décision de devenir éleveur de pur-sang ne relevait pas d'un caprice, tout compte fait. Et au-delà de ses regrets d'avoir dû céder l'entreprise familiale, Orla voyait bien que Karim ferait fructifier le travail déjà accompli là-bas. Elle avait aussi apprécié qu'il ait choisi de garder le nom Calhoun.

Ces petits déjeuners professionnels n'en avaient pas moins été déconcertants. Le regard de Karim, son magnétisme masculin la déstabilisaient toujours autant. Les péripéties du bal, le baiser aussi qu'ils avaient partagé, tournaient dans sa tête dès qu'ils étaient ensemble… comme durant les longues heures où ils ne l'étaient pas.

Trois jours ! Cela faisait trois longs jours maintenant qu'elle ne l'avait pas vu. Chaque matin, la vue de la salle du petit déjeuner vide la déprimait.

Elle avait tenté de se faire une raison. Ce n'était pas qu'il lui manquait, en réalité, c'était la sensation de déracinement qu'elle éprouvait ici, loin de sa routine quotidienne à Kildare… En acceptant le contrat elle n'avait pas mesuré ce que cela signifierait d'être la fiancée trophée d'un homme aussi riche et puissant que Karim Khan. De sa vie, elle ne s'était sentie aussi inutile. Les chevaux lui manquaient cruellement, mais aussi son travail au haras, qui donnait une signification à sa vie. Sa présence ici avait-elle encore un sens ?

Sans chevaux à entraîner, sans banquiers à apaiser ni écuries à nettoyer, et sans engagement à honorer du côté de Karim, elle avait bataillé pour trouver à s'occuper. Cette maison était une mécanique bien huilée, avec un personnel si efficace que toutes ses propositions d'aide s'étaient heurtées à des mines perplexes suivies de refus polis.

Au vrai, le coup au cœur chaque matin devant l'absence de Karim n'était sans doute que de la déception. Sans ce stimulant pour animer sa matinée, qui lui offrait tout au moins une chance de parler de son domaine fétiche, l'ennui se creusait inexorablement. Elle ne savait même plus ce qu'elle fabriquait ici, ni pourquoi Karim persistait à lui refuser un bref aller-retour à Kildare.

— Non, il n'est pas tombé amoureux de moi, murmura Orla dans l'appareil.

Elle avait expliqué la situation à sa sœur huit jours plus tôt – au cours des vingt petites minutes que lui avait accordées Karim avant le décollage – et plusieurs fois depuis. Dervla ne la croyait toujours pas. L'imagination romanesque de sa sœur, sa détermination à voir dans ce contrat autre chose ne l'aidait vraiment pas à prendre le recul qui s'imposait...

Résultat, elle s'était mise à filtrer les appels de sa sœur, à son grand regret car leurs échanges, si agaçants soient-ils, étaient l'un des rares éclats dans ses journées londoniennes monotones.

— Comment ça se passe à Kildare ? demanda-t-elle, coupant court aux élucubrations de sa sœur sur les photos du Jockey Club.

— Oh ! C'est magique ! La réfection des écuries et des structures d'entraînement a commencé ce matin. Il y a même un architecte, tu te rends compte ? s'exclama Dervla d'une voix émerveillée. Je ne savais même pas qu'il existait des architectes spécialisés dans les haras...

— Et les chevaux ? Où sont-ils pendant les travaux ?

Orla s'affola. Elle ne s'attendait pas à une attaque aussi rapide du chantier. Les écuries avaient grand besoin d'un coup de jeune, de fait, mais le nouveau gérant savait-il seulement qu'il ne fallait surtout pas bousculer les chevaux ? Des pur-sang à la sensibilité à fleur de peau... Le moindre bruit inhabituel, la moindre perturbation pouvait sérieusement endommager leur...

— Ils sont installés depuis hier chez les Quinn jusqu'à la fin du chantier, répondit Dervla.

— Ah. Oui, c'est logique, murmura Orla avec une pointe d'amertume dans la voix qu'elle se reprocha aussitôt.

Ses voisins n'y étaient pour rien si leur fils s'était conduit d'une manière inqualifiable à son égard l'autre soir. Pourquoi leur en vouloir ? C'était mesquin de sa part. Quant à Karim, il n'avait pas à faire de sentiment en affaires. Il ne lui était redevable de rien, du reste.

— Cet appoint tombe à pic pour les Quinn, je suppose, commenta-t-elle, sachant que la famille connaissait des difficultés du fait des résultats décevants de leurs chevaux sur la piste.

— Ils s'en réjouiraient s'ils étaient encore propriétaires de leur haras…

— Quoi ? !

— Je ne te l'ai pas dit ? Le haras a fait l'objet d'une OPA hostile. Le nouveau propriétaire les a chassés avant-hier.

— Non, tu ne me l'avais pas dit…

Orla se pinça les lèvres. Comment sa sœur avait-elle pu oublier de lui transmettre une information aussi importante ? Les Quinn régnaient sur les courses à Kildare depuis des générations, exactement comme les Calhoun.

— Ah, désolée, je voulais t'en parler hier. Dimanche on ne parlait que de ça au pub, c'est arrivé très brutalement, d'après Maeve. Son mari travaille chez les Quinn, tu sais. Apparemment ils ont gardé la totalité du personnel et même augmenté les salaires. Une prime de fidélité. Maeve dit que le père Dermot est ravi, il trouvait que Patrick se débrouillait très mal depuis qu'il a repris l'affaire. Le nouvel acquéreur a déjà engagé des transformations…

— Qui est-ce ?

— Je ne t'ai pas encore dit le meilleur, dit Dervla tout excitée.

— Non, quoi ? soupira Orla, à bout de nerfs.

Cette manie chez sa sœur d'en faire des tonnes, au lieu d'aller droit au but !

— Personne ne connaît son identité avec certitude, tout s'est fait dans le secret. Mais dès le lendemain, Carly, le nouveau gérant en charge ici, a annoncé que les chevaux Calhoun seraient relogés là-bas pendant le chantier. Si bien que tout le monde a pensé, c'est forcément *lui*.

— Lui qui ?

— Mais ton fiancé, voyons ! Maeve, Dermot, ils pensent tous que c'est lui le nouveau propriétaire.

Dervla baissa la voix pour ménager son effet.

— Et il aurait fait ça pour se venger… C'est pas beau, ça ?

— Se venger de quoi donc ?

Orla avait l'estomac à l'envers maintenant.

Je vais donner à ce bâtard une leçon qu'il n'est pas près d'oublier.

— Ne fais pas l'enfant… De Patrick, évidemment, qui a osé poser les mains sur toi au bal ! Et toi qui continues à prétendre que le prince n'est pas fou de toi, s'esclaffa sa sœur. Pourquoi irait-il jusque-là sinon ?

— Ce… Ce n'est pas possible…

Elle ne savait plus que dire, ni même que penser. Ses genoux tremblaient tant qu'elle s'assit sur son lit.

Karim avait-il vraiment pu faire une chose pareille ?

Il s'était emporté dans le feu de l'action, d'accord, mais la version édulcorée de sa rupture avec Patrick qu'elle lui avait offerte sur le trajet du retour semblait l'avoir calmé. Il n'avait plus reparlé de l'incident ni de son ex depuis.

Tout de même, s'il avait fait ça pour elle…

À peine cette pensée avait-elle pris forme dans son esprit que son excitation retomba comme un soufflé. Si Karim avait réellement pris cette initiative, ce n'était pas juste pour lui faire plaisir, puisque de toute évidence elle ne lui inspirait au mieux que de l'indifférence. Avait-il seulement encore conscience de sa présence ici ? Il ne semblait même plus enclin à entretenir la comédie de leur couple.

Patrick s'était mal conduit avec elle des années plus tôt en la trompant pendant leurs fiançailles, mais cela, Karim l'ignorait. Quant à son attitude le soir du bal… Ses proches méritaient-ils de se voir dépossédés du haras familial sous prétexte que Patrick avait bu un whisky de trop ?

— Moi je pense que c'est possible. Et je trouve ça tellement romantique, ajouta inutilement Dervla. Patrick l'a bien cherché. Il est moins doué que toi avec les chevaux et il le sait, c'est pour ça qu'il s'est montré si cruel avec toi. Là, hop ! Il se retrouve carrément sur la touche. Personne ne lui donnera de job qui pourrait déplaire à ton petit copain, il va devoir trouver un autre domaine où déployer son incompétence... Au moins, tu ne risques pas de le croiser à un autre bal ! Tu es sûre que tu ne sais rien sur le sujet ? J'ai dit à Maeve que je te demanderais...

Orla s'employa encore un moment à éluder les questions de plus en plus invasives de sa sœur et raccrocha enfin, les doigts tremblants, les idées de plus en plus confuses.

Karim n'aurait jamais fait une chose aussi... chevaleresque... Surtout pour une femme dont il se souciait aussi peu ! Cela n'avait pas de sens.

Tandis qu'elle tentait ainsi de se rassurer, son cœur battait la chamade.

Que faire ? Lui demander de but en blanc s'il avait acheté le haras Quinn ? Le moyen d'amener une question pareille, alors qu'elle n'avait aucune envie de parler de Patrick ? En outre, Dieu seul savait quand elle aurait une chance de le croiser...

Elle fixa le téléphone qui lui avait été remis par l'assistant de Karim une semaine plus tôt, un téléphone censé l'alerter lorsque sa présence serait requise. Il n'avait pas sonné une seule fois depuis qu'il l'avait sommée de rester à Londres, avant de la laisser complètement désœuvrée.

Elle s'en saisit et fit défiler les numéros enregistrés en contacts. Il n'y en avait que deux, l'un sous le nom « Khan », la ligne directe de Karim sans doute, l'autre sous celui de son assistant personnel. Elle ne se sentait pas le courage d'appeler Karim. Mais serait-ce si déplacé de s'informer de ses déplacements auprès de son assistant ? Elle composa le numéro avant de se dégonfler.

On décrocha dès la deuxième sonnerie.

— Mademoiselle Calhoun, que puis-je faire pour vous ?

— Bonjour. Je me demandais simplement où était M. Khan aujourd'hui ?

— Aimeriez-vous que je lui transmette un message ? répliqua l'assistant d'un ton évasif.

— Non, merci. J'ai son numéro, mais je ne voulais pas le déranger s'il est occupé… L'est-il ? ajouta-t-elle, ravalant sa fierté. Occupé ?

Évidemment que Karim était occupé. Il l'était toujours. Cet homme brassait des milliards…

Elle était à deux doigts de raccrocher lorsque l'assistant se décida à lui répondre :

— Nous nous rendrons cet après-midi à la vente Hammonds, qui se tient à Kensington Palace Gardens à partir de 15 heures. Je vous conseille de contacter M. Khan avant le début des enchères. Il compte y prendre part.

Orla remercia son correspondant avant de prendre congé, le cœur à l'envers.

Karim se rendait sans elle à une vente… Pourquoi se priver de sa présence, s'il comptait enchérir ? Elle savait mieux que quiconque les chevaux qui conviendraient au haras Calhoun…

Elle consulta sa montre. 13 h 45. Il n'était pas trop tard pour agir. Fini l'ennui ! Elle décrocha le téléphone intérieur et demanda qu'une voiture soit mise à sa disposition.

La vente Hammonds lui avait toujours fait envie, sans qu'elle ait eu une seule fois l'occasion de s'y rendre. Elle se tenait chaque année dans les jardins de Kensington Palace. Tous les acteurs de la filière hippique y assistaient et, si la plupart des grandes ventes se faisaient en privé, il arrivait que de bons chevaux soient mis aux enchères. Elle avait oublié que cette vente avait lieu aujourd'hui – sans doute parce qu'elle avait oublié jusqu'aux jours de la semaine – mais elle avait étudié le catalogue quelques mois plus tôt dès sa parution, comme elle le faisait chaque année, en imaginant ce qu'elle choisirait si elle avait les moyens d'investir. Elle pourrait conseiller Karim sur les espoirs les plus prometteurs, et peut-être… *Peut-être* trouverait-elle le courage de l'interroger sur les Quinn.

Elle quitta le bureau en trombe, cap sur sa suite à l'étage pour fouiller sa nouvelle garde-robe en quête d'une tenue assez chic pour cet événement particulièrement huppé.

Dans la voiture, une demi-heure plus tard, ses doigts tremblaient autour de la pochette dénichée dans le dressing. Ignorant résolument les frissons qui la secouaient à l'idée de revoir Karim, elle se concentra sur le bonus du jour – cette occasion inespérée de lui prouver que si ses talents de comédienne laissaient à désirer, elle pouvait se révéler un atout de premier plan pour développer le haras Calhoun.

– Vous ne lâchez rien, Khan, mais nous en tirerons l'un et l'autre de solides bénéfices. Votre connaissance des pur-sang est bien meilleure que je ne le croyais. Encore un peu de champagne ?

Karim déclina poliment l'offre de Piers Devereaux – une légende des courses, propriétaire du haras le plus renommé d'Angleterre – sans se formaliser de son ton condescendant.

Il n'en attendait pas moins de la part des doyens du circuit. Raison pour laquelle il avait travaillé sur le sujet des années durant, dans l'attente de l'acquisition parfaite qui lui permettrait de s'attaquer aux échelons supérieurs de ce sport. La vente annuelle organisée par Hammonds était une opération de prestige et les enchères un événement mondain plus qu'une opportunité commerciale, car les vraies affaires se négociaient en coulisses, lorsque les gros bonnets discutaient en privé, une coupe de champagne à la main, en grignotant des amuse-bouches sophistiqués. Karim s'était préparé avec soin à ce grand jour en vue de croiser Aderyn, l'étalon Calhoun vedette, avec une pouli-nière Devereaux.

Mais tandis qu'il écoutait son interlocuteur, une question qui le tracassait depuis une semaine revint le tourmenter. Au regard de sa préparation méthodique ces dernières années pour pénétrer ce cercle, pourquoi avait-il cédé à une impulsion au moment de se choisir une fiancée de comédie ? Et pourquoi n'avoir pas pris Orla avec lui aujourd'hui, alors qu'elle en savait plus que lui sur les chevaux Calhoun ?

— Je me suis laissé dire que votre père avait un élevage de pur-sang incroyable, mais je ne me doutais pas de votre intérêt pour le sport des rois, reprit Piers. Alors, les Quinn ? ajouta-t-il sans préambule. Était-ce comme chacun le croit, une façon de punir le jeune Pat du traitement diabolique infligé à votre fiancée, qui est aussi son ex-fiancée ?

Karim serra les dents. Devereaux était le premier à avoir l'audace de lui poser directement la question. Hammonds bruissait de rumeurs, il avait noté les regards curieux dès son arrivée. Mais du diable s'il s'explique devant ces gens ! Le haras Quinn était mûr pour un rachat, en prendre le contrôle avait été une opération financière judicieuse…

Au moment même où il se tenait ce raisonnement, il comprit que ce n'était pas l'entière vérité. Le déboulonnage de Patrick Quinn dans ce milieu relevait aussi d'une impulsion qu'il tentait en vain de s'expliquer depuis.

— Les terres Quinn bordent celles des Calhoun et je compte largement développer le haras, répondit-il d'un ton placide, décidant de ne pas nier qu'il en était le nouveau propriétaire. Vous en déduirez vous-même mes motivations.

Devereaux pouffa, comme l'avait escompté Karim, la loyauté passant après le pouvoir et la réussite dans ce milieu.

— Touché, Khan. Maintenant que je vous ai rencontré, il est clair que les bruits qui circulent sur votre tempérament sanguin sont infondés.

Karim ignora le léger sentiment de malaise que suscita chez lui ce commentaire. Une semaine plus tôt, Devereaux aurait eu raison. L'impétuosité n'était pas dans sa nature, et moins que tout au sujet d'une femme. Il n'avait jamais eu de difficulté à contrôler ses pulsions ou ses colères… Et voilà qu'il se laissait dominer par les unes et les autres, ce qui lui déplaisait au plus haut point.

— Il me tarde de travailler avec vous et de vous affronter, ajouta Devereaux. Avec le haras Calhoun et votre solide expertise, vous pourriez bien figurer parmi les meilleurs dans quelques années. Quelle pitié, le décès de Michael. Cet homme connaissait les chevaux mieux que personne. Tant qu'il s'abstenait de passer devant un bureau de paris…

Le sexisme latent de ce discours hérissa Karim. Ses échanges pointus avec Orla en début de semaine l'avaient prouvé, elle n'avait pas menti sur son influence au haras Calhoun ces dernières années. Le milieu hippique n'avait pas idée de ses talents. Ce n'était pas son père qui était à l'origine des nombreux succès du haras sur les pistes…

Penser à Orla ranima aussitôt les pulsations de désir familières. C'était exaspérant, à la fin !

Trois jours qu'il l'évitait. Exactement, depuis que leurs conversations impromptues au petit déjeuner avaient suscité chez lui une fièvre qui n'avait strictement rien à voir avec sa science des forces et faiblesses du haras Calhoun. Comment pouvait-il la désirer toujours autant ? Davantage, même, que le soir du bal ?

Comme par enchantement, au moment où ses pensées s'envolaient vers elle, sa fiancée apparut sur le seuil du chapiteau dressé pour abriter l'événement. Karim cligna des yeux. Des hallucinations, maintenant ? C'était intolérable. Comme si rêver d'elle chaque nuit depuis son installation à Belgravia ne suffisait pas !

Son regard accrocha la silhouette fine désormais familière et les seins hauts, affichés dans toute leur splendeur sous une petite robe d'été fluide du même vert profond, impérial, que ses yeux. Non, il ne s'agissait pas d'une chimère.

Il n'était pas devenu fou.

Son soulagement fut aussitôt suivi d'une brutale montée de fièvre. Il se raidit, enragé contre sa réaction incontrôlable. Que faisait-elle ici ? Il n'avait pas requis sa présence à la vente, et pour cause ! Orla représentait une distraction dont il n'avait vraiment pas besoin.

La raison voulait qu'il se protège du trouble qu'elle suscitait chez lui. Pourtant il se déconnecta du bavardage de Devereaux et la regarda traverser la pelouse sur ses hauts talons, tête baissée, les mains serrées sur le catalogue qui lui avait été donné à l'entrée. Elle déclina la coupe que lui présentait un serveur au passage et s'immobilisa pour balayer l'endroit du regard.

Karim résista à l'envie de se précipiter vers elle. Sortir de ses gonds, ce n'était pas son style. D'autant qu'une querelle de ménage en public discréditerait son rôle d'amoureux transi et alimenterait de surcroît les rumeurs sur les folies dont il était capable pour cette femme. Tandis qu'il bataillait pour se contenir, un jeune homme en costume impeccable attira l'attention d'Orla qui parut déconcertée. Son admirateur se lança dans un numéro de charme typique de l'aristocratie anglaise, avec un discours pompeux et lourdingue…

La fureur qui avait soulevé Karim la semaine précédente au bal resurgit séance tenante.

Lui apparut alors la réponse à une question dont il n'avait même pas conscience. Éviter Orla n'avait pas fonctionné. Au contraire, en son absence le désir et les émotions inexplicables qui l'accompagnaient, jalousie, envie, convoitise, avaient atteint un niveau explosif.

Il s'excusa auprès de Devereaux, abandonna son verre au jugé sur le plateau d'un serveur qui passait par là et se dirigea vers sa fiancée, prêt à l'arracher aux assiduités de ce milord dont les yeux étaient scotchés à son décolleté.

Le jeune homme esquissa un sourire enjôleur en relevant enfin les yeux vers le visage d'Orla.

— Ainsi donc vous êtes irlandaise ? J'aurais dû le deviner à votre charmant accent. Et à la chevelure rousse... Vous accompagnez sans doute un des éleveurs irlandais, dans ce cas ? ajouta-t-il avec une moue de mépris.

Orla tenta de ne pas se sentir insultée. Si le monde équestre était depuis toujours dominé par les hommes, les femmes commençaient à poser leurs marques tant dans l'élevage que dans l'entraînement. En la prenant pour une petite écervelée ignorant tout de ce sport, cet imbécile ne faisait qu'étaler sa propre ignorance.

— Non. Je suis Orla Calhoun, du haras...

— Orla ! Tu es venue.

Karim apparut sur ces entrefaites, surgi de nulle part, en un costume de lin gris. Dominateur, puissant, superbe. Elle aurait dû s'y attendre, mais... Le feu lui monta aux joues et envahit son corps tout entier lorsqu'il referma les doigts sur son coude.

— Quelle surprise, commenta-t-il d'un ton goguenard.

Avant qu'elle eût pu réagir, il pressa les lèvres sur sa joue, en un baiser fugace mais possessif.

C'était la première fois qu'il la touchait depuis le bal. Son regard sombre et intense lui caressa la peau. C'était comme s'ils étaient seuls au monde soudain, pris dans l'incandescence qui les enveloppait comme souvent sans prévenir. Sa nervosité s'accrut d'autant. Pourquoi cette sensation qu'il venait de la marquer comme si elle lui appartenait ? Comment faisait-il cela ?

Elle s'efforça de reprendre ses esprits, passant outre sa désapprobation manifeste.

— Hum... Bonjour, Karim. On m'a dit que tu étais ici. J'ai pensé que mon aide te serait utile pour les enchères.

Le jeune homme à côté d'elle s'éclaircit la gorge, attendant manifestement d'être présenté.

— Karim, je te présente… Euh…

— Miles, Miles Johnson, pour vous servir, dit-il.

Karim jeta à peine un regard à la main tendue, qui fut prestement retirée.

— Bonjour.

— Très honoré de vous rencontrer, Votre Altesse, reprit Johnson qui semblait plus jeune encore tant sa confiance se désintégrait à vue d'œil face au dédain ostensiblement affiché par Karim. Tout… Tout le monde ne parle que de votre acquisition audacieuse du haras Quinn, et de l'animation inédite qui en découlera sur les champs de courses… Un événement de premier ordre…

Orla frissonna. C'était donc bien Karim qui avait acheté les Quinn. Sans prendre la peine de l'en informer.

— Vraiment ? dit Karim d'un ton suintant l'ennui.

— Oui, il se dit que…

— Miles, voudriez-vous nous laisser seuls, je vous prie ? J'aimerais m'entretenir avec ma fiancée en privé.

Le visage du garçon vira à l'écarlate.

— Votre fiancée ? Je… Bien sûr.

Il s'enfuit si vite qu'Orla y vit la preuve que les rumeurs évoquées par Dervla sur les motivations de Karim pour détruire les Quinn, à défaut d'être crédibles, avaient fait le tour du petit monde des courses.

— Quelle prouesse, murmura-t-elle, consciente d'un début de panique dans son propre corps, mais pour des raisons très différentes de Johnson.

Depuis son arrivée, Karim effleurait distraitement la zone si sensible de la saignée du coude et ce contact léger la bouleversait.

— Une prouesse ? répéta-t-il en l'attirant plus près de lui, si près qu'elle sentit son eau de toilette, et les effluves subtils de ce savon qui hantait ses rêves depuis des jours.

— Cet art de faire disparaître les importuns. J'aimerais tellement le maîtriser.

Un sourire se dessina lentement sur les lèvres de Karim, si sensuel, si arrogant aussi, que le souffle d'Orla s'enraya.

— Je te l'apprendrai, dit-il. Mais d'abord, j'ai une question.

— Oui ?

— Qu'est-ce que tu fabriques ici ?

Le ton était posé, avec juste assez de tranchant pour qu'elle devine sa colère retenue en public. L'angoisse l'étreignit, mais pas question de s'excuser. Il l'avait laissée seule et désœuvrée une semaine entière. Après lui avoir refusé un séjour à Kildare. Elle avait besoin d'un rôle à jouer à Londres, sous peine de devenir folle.

— Ma connaissance des chevaux peut t'être utile. J'ai étudié le catalogue et je sais ce que le haras Calhoun a besoin d'acquérir…

Ses explications débitées à toute allure se heurtèrent au silence de Karim, qui la fixait d'un air sceptique.

— Et d'abord, dis-moi pourquoi tu as acheté le haras Quinn. Et détruit la réputation de Patrick… Est-ce que…

Elle reprit son souffle, déterminée à aller jusqu'au bout en dépit de l'air franchement courroucé de Karim. Il fallait qu'elle sache.

— Est-ce lié à ce qui s'est passé le soir du bal ?

— Tu me crois capable de dépenser quinze millions pour défendre ton honneur ?

— C'est le cas, oui ou non ?

À la seconde où ces mots sortirent de sa bouche, Orla se traita d'idiote. Évidemment que non ! Puisqu'elle n'était rien pour lui.

— Non, répondit-il avec un petit sourire.

Le cœur lui manqua. Alors qu'elle ne savait plus où se mettre, il lui caressa la joue.

— Du moins, pas totalement, rectifia-t-il.

Orla sentit la tête lui tourner.

Était-ce l'intensité du regard de Karim ? L'envie folle et malvenue d'être choyée par cet homme, comme le soir où il l'avait sauvée de Patrick ? Ou le désir viscéral qui lui tordait le ventre et faisait tambouriner son cœur ? Une seule chose était sûre – son excitation en cette seconde n'avait plus rien à voir avec son souhait d'aider à l'achat de chevaux pour le haras Calhoun.

Sous l'effet du désir, et de la sidération face à ce désir, les yeux émeraude prirent une nuance de jade si fascinante que Karim frémit intérieurement. Il fut contraint de regarder enfin en face le mensonge qu'il se racontait depuis une semaine, en évitant consciencieusement Orla.

Jamais il n'était revenu sur un contrat signé. Ce n'était pas ainsi qu'il concevait son métier. Seulement voilà, depuis quelques jours cet accord n'avait plus rien de professionnel. C'était une alchimie, un désir, une faim réelle et ravageuse. Chez l'un et chez l'autre. Et s'ils ne la comblaient pas très vite, elle ne ferait qu'empirer.

Bruit de voix dans le micro. À l'extérieur du chapiteau, le directeur général de la vente Hammonds avait attaqué son discours. Les enchères démarrèrent aussitôt après. Le premier cheval proposé était une pouliche de deux ans avec quelques bonnes courses à son actif.

Le regard d'Orla se détacha de son visage pour s'abaisser sur le catalogue.

— Tu devrais l'acheter, elle est très prometteuse, dit-elle en feuilletant les pages d'une main tremblante. Et le numéro cinq, Debonair Boy, est un poulain de choix.

Ses joues brillaient comme elle s'efforçait de remplir la mission qu'il lui avait confiée un jour, et dont il se moquait éperdument aujourd'hui. Ce n'étaient pas ses conseils d'experte qu'il voulait. Si tant est qu'il les ait voulus un jour.

Il adressa un signe discret à son assistant, qui accourut aussitôt.

— Jason, achète cette pouliche, dit-il les yeux fixés sur sa fiancée. Ainsi que le cinquième cheval du catalogue.

— Oui, monsieur Khan.

— Présente aussi mes excuses à Devereaux, je ne le rejoindrai pas au dîner, tout compte fait.

Son assistant hocha la tête et disparut.

Karim saisit Orla par le coude et entreprit de se frayer un chemin parmi la foule en direction de l'entrée qu'elle avait empruntée moins de quinze minutes plus tôt.

— Tout... Tout va bien, Karim ? chuchota-t-elle.

— Non. Mais bientôt tout s'arrangera.

Il passa sans s'arrêter devant le vestiaire installé près de l'entrée.

— Attends ! J'ai laissé mon...

— Jason s'en chargera.

Il sentait le pouls battre sous la chair tendre au creux de son coude, et tentait de ne pas serrer trop fort.

— Dites à mon chauffeur que nous sommes prêts à partir, lança-t-il à un portier.

— Mais Karim, nous allons manquer les enchères, protesta Orla avant de se mordre la lèvre.

Cette maudite lèvre ! Karim fixa son regard sur la pulpe rougie, piégée entre ses petites dents blanches. Le désir de la goûter de la pointe de la langue fut si fort qu'il serra les mâchoires jusqu'à la douleur.

— Y a-t-il d'autres chevaux qui valent le coup, à ton avis ? demanda-t-il d'une voix étranglée.

Elle secoua la tête en silence.

— Bien, dit-il. Alors notre présence ici n'est plus nécessaire.

Campé sur la pelouse à l'entrée des jardins pour attendre la voiture, il sentit sa compagne trembler à côté de lui. Il aurait dû la rassurer peut-être, mais comment le pourrait-il, étant incapable de se rassurer lui-même ?

Il se comportait comme un cinglé, exactement comme le soir du bal, mais il ne pouvait repousser plus longtemps le moment de se purger enfin du désir qui le tourmentait. Pourquoi ne l'avait-il pas fait une semaine plus tôt, ou n'importe quel soir depuis ? Il serait libéré à cette heure…

La Mercedes se présenta au portail une éternité plus tard. Une fois installé sur la banquette arrière avec Orla, il toqua sur la vitre de séparation.

— À la maison, Mark ! Et qu'on ne nous dérange plus ensuite.

Le chauffeur démarra aussitôt.

Enfin seuls.

Une giclée d'adrénaline fit battre son cœur à coups redoublés.

— Es-tu contrarié que je sois venue ? demanda Orla en cherchant sa ceinture de sécurité.

— Pas du tout. Viens là, dit-il en lui agrippant le bras.

Il la souleva prestement pour l'asseoir à cheval sur ses genoux.

Orla lui agrippa les épaules. Ses joues se colorèrent comme il laissait courir les mains sur ses cuisses, savourant son frémissement, l'odeur musquée de son désir. Elle était sous le choc, c'était visible. Cela n'atténua en rien toutefois l'envie qui brillait dans ses yeux. Ni celle qui le torturait, lui, en cette seconde.

— Qu'est-ce que tu fais, Karim ? chuchota-t-elle.

Il caressa la courbe exquise des fesses à travers la culotte et approcha les lèvres de la gorge palpitante.

— Je change les termes de notre contrat.

8.

Le désir flamboyait dans les veines d'Orla tel un feu follet écorchant tout sur son passage.

— Dis-moi que tu as envie de moi, toi aussi, grogna-t-il d'une voix éraillée tout en lui mordillant le cou.

— Oui, oui, moi aussi…

— Cela ne change rien, dit-il, déboutonnant lestement sa robe jusqu'à révéler la dentelle blanche du soutien-gorge. Dis-moi que tu comprends cela.

Clap ! L'agrafe céda dans son dos.

Orla hocha la tête, incapable de proférer une parole, fébrile, presque ivre d'impatience. Il eut tôt fait de libérer ses bras, puis ses seins, dont les pointes frémissantes quémandaient la caresse.

Son cœur s'affolait. Assise à califourchon sur Karim, à demi nue, elle se sentait terriblement exposée, pétrifiée par son inexpérience, et en même temps si avide d'accueillir ses lèvres sur elle qu'elle tremblait de tout le corps. L'érection vigoureuse contre sa cuisse, loin de l'effrayer, l'enfiévrait au contraire. Elle se trémoussa pour alléger la pression. Karim laissa échapper une plainte rauque qui la grisa.

Il engloba ses seins à pleines paumes et croisa son regard.

— Ne bouge pas, murmura-t-il, traçant du bout des doigts le contour des aréoles. Sinon tout sera fini bien trop vite.

Orla s'immobilisa aussitôt. Il se pencha alors pour lécher un téton, puis l'aspirer en bouche. Elle gémit et se cambra malgré elle, oubliant la consigne. La torture exquise s'intensifia dans son ventre, jusqu'au cœur de son intimité. Sa peau à vif, ses seins en feu lui faisaient presque mal. Il s'ingénia à tourmenter une pointe, puis l'autre, du bout des dents. Orla s'entendit geindre encore et encore dans le silence feutré de l'habitacle, sans pudeur ni retenue. Ce n'était plus possible. Ce n'était plus tenable…

Karim se redressa brusquement et posa les mains sur ses joues brûlantes.

— Libère-moi, ordonna-t-il.

Orla acquiesça, excitée et hésitante à la fois. Consciente du regard vissé sur elle, elle tenta de jouer les décontractées tout en bataillant avec la fermeture Éclair, concentrée comme jamais. Puis ce fut le tour du boxer noir. Au-dessous, une bosse… impressionnante.

Ravalant son appréhension, elle fit glisser le sous-vêtement. Le sexe jaillit, dur, épais, si beau. Orla le contempla, fascinée, assaillie d'un cocktail de sensations, le souffle d'air conditionné sur ses seins humides ajoutant à son trouble.

Elle lui avait fait ça, *elle* ? Il la désirait donc à ce point ?

— C'est douloureux ? chuchota-t-elle.

Karim eut un petit rire.

— Oui… J'adorerais que tu t'empales dessus, mais je n'ai pas de préservatif ici. Un brin de créativité s'impose.

Galvanisée par le langage sans équivoque, elle se retint de demander sa permission avant de l'effleurer timidement… et étouffa une exclamation comme la merveille tressaillait sous ses doigts.

— Prends-moi, dit-il d'une voix à peine audible.

L'ordre, ou plutôt la supplique, la libéra de ses derniers scrupules. Le moyen de réfléchir, de toute façon, avec ces flammes qui dansaient dans son corps ? Elle referma doucement ses doigts tremblants autour du sexe dressé, si doux et dur à la fois, de l'acier enchâssé dans le plus fin velours. Une moiteur perlait tout au bout, humidifiant ainsi la pulpe de ses doigts. Elle entama un lent va-et-vient.

Karim tressaillit.

— Oui…

Ce sentiment de puissance tout neuf avait quelque chose d'infiniment grisant. Au même instant elle sentit glisser entre ses jambes une main dont le talon se pressa sur son sexe pour laisser le pouce taquiner le point le plus sensible. Elle se cabra sous les caresses expertes qui attisaient son propre feu jusqu'à la brûlure, tandis qu'un autre brasier s'éveillait en elle, terrifiant, composé d'émotions celui-là.

— Dis-moi ce que tu veux, murmura Karim.

— Je…

— C'est bon, ça ?

Elle acquiesça, un sanglot dans la gorge, si troublée par l'adresse de Karim au plus intime de son corps qu'elle peinait à se concentrer sur ses gestes. Prise dans un combat de pouvoir, de passion et de soumission qu'elle tenait à mener, elle s'aperçut très vite qu'elle ne savait pas comment s'y prendre. Sa maladresse la désolait au regard de l'assurance dont il faisait preuve avec une efficacité redoutable.

Elle se redressa dans un sursaut, contrainte de lâcher prise sous l'assaut des vagues qui la submergeaient trop vite, l'empêchant de respirer, de réfléchir, de se centrer sur autre chose que le tumulte du plaisir, un raz-de-marée brûlant qui lui arracha des gémissements incoercibles.

Une main calée sur ses reins, il la ploya vers lui pour sucer la pointe d'un sein au moment précis où le flux l'emportait. Orla poussa un cri, surfant sur le courant encore et encore, pendant une éternité…

Enfin, elle s'affala contre lui, les yeux embués de larmes qu'elle refoula avec l'énergie du désespoir.

Ne pleure pas, sinon il saura que c'était ta première fois !

— Shhh…, murmura Karim contre sa joue.

Il rassembla ses cheveux d'une main et tira doucement pour lui relever la tête et planter les yeux dans les siens.

Loin des reproches qu'elle attendait pour n'avoir pas

exécuté sa part du contrat en quelque sorte, le laissant sur sa faim, il lui décocha un sourire entendu.

— Ça va ? demanda-t-il.

— Oui, c'était… vraiment chaud, balbutia-t-elle, à court de mots.

Il se mit à rire.

— En tout cas, c'était vraiment chaud à regarder !

— Tu n'es pas fâché ? s'exclama Orla malgré elle, de plus en plus désorientée.

Patrick s'était violemment emporté un jour, alors qu'ils se pelotaient dans un coin discret, parce qu'elle n'arrivait pas à le satisfaire. Rien à voir avec aujourd'hui, cependant. Pat ne l'avait jamais touchée comme Karim venait de le faire, ni même jamais déshabillée. Il avait cependant évoqué certaines attentes présentes selon lui chez tous les hommes… Pourquoi n'était-il pas en colère, puisqu'elle avait donné la priorité à son propre plaisir ?

— Tu plaisantes ?

Devant l'air sincèrement intrigué de Karim, Orla se sentit perdre ses moyens.

— Je… Je ne me suis pas occupée de toi, dit-elle en baissant les yeux sur le sexe dur pressé sur son ventre.

Karim pouffa et lui caressa la joue.

— Tu es vraiment étonnante, dit-il en recouvrant son sérieux.

Un instant, Orla crut lire une réelle affection dans ce regard qui ne la lâchait pas. Une boule douloureuse se forma alors dans sa gorge, un désir plus ardent encore que celui qu'elle venait de combler.

— Ce n'est pas une obligation, Orla. Ni une course. Nous pourrons aisément y remédier dans un lit. Ce n'était qu'un avant-goût… Sache simplement que ce que tu as fait suffira à me tenir dans ce même état jusque-là.

Elle hocha la tête, saisie de peur devant ce désir nouveau qui menaçait de l'étouffer.

N'attends rien de plus de sa part, Orla. Surtout pas. Ce n'est que du sexe.

Des petits coups sur la vitre les firent sursauter. Alors seulement, Orla prit conscience que la voiture s'était arrêtée. Depuis quand ?

Mortifiée, elle se dégagea des genoux de Karim en rajustant sa robe à la hâte.

— Mark ! cria Karim. Je vous avais demandé de ne pas nous déranger !

Lui aussi se rajusta, avec une nonchalance suggérant une longue habitude de ce genre d'expérience. Il faisait fondre les femmes sur la banquette arrière de sa limousine tous les quatre matins ? Cela n'empêcherait pas ce moment de rester spécial et précieux pour elle.

— Je suis désolé, Votre Altesse, ce n'est pas Mark, c'est Muhammed, répondit la voix à l'extérieur de la voiture. Nous venons de recevoir des nouvelles du Zafar, de caractère urgent. J'ai pensé que vous aimeriez en être informé immédiatement.

Le sourire mourut sur les lèvres de Karim. L'ambiance dans l'habitacle changea instantanément.

— Bien. J'arrive !

Il se tourna vers Orla qui renfilait tant bien que mal son soutien-gorge.

— Besoin d'aide ?

— Non… Tout va bien.

Il hocha la tête puis, à l'improviste, il l'attira vers lui et l'embrassa.

— Reste ici, lui chuchota-t-il avant de descendre.

La portière claqua derrière lui.

Orla sentit poindre un léger regret. Quoi qu'il se soit passé entre eux à l'instant… Rien n'avait réellement changé. Elle ne faisait toujours pas partie de sa vie. Elle n'était pas assez importante pour savoir ce qui le contrariait à ce point.

Tout en reboutonnant sa robe sur sa poitrine encore à vif

d'avoir été couverte de caresses, elle tendit l'oreille pour entendre ce qui se disait au-dehors.

— Que se passe-t-il, Muhammed ? J'avais demandé qu'on ne me dérange pas avec les appels ou les messages de mon père…

— Toutes mes excuses, Votre Altesse. Ce message provient du président du Conseil du Zafar. La nouvelle sera annoncée demain matin devant la presse internationale, mais M. Abdallah a souhaité vous prévenir immédiatement. Votre père est décédé il y a vingt minutes. Vous êtes le nouveau Roi du Zafar.

9.

— Comment vas-tu, Karim ?

Karim leva les yeux de sa table de travail vers Orla qui s'encadrait sur le seuil.

Inévitablement il sentit la chaleur envahir son corps. Mais l'apparition de sa fiancée allégea aussi le poids qui lui enserrait la poitrine depuis qu'il l'avait quittée la veille pour entrer de plain-pied dans un cauchemar.

— Bien, répondit-il.

Pieux mensonge… Il laissa tomber les documents qu'il tenait dans les mains et dont le contenu était devenu flou devant ses yeux une bonne demi-heure plus tôt. Le sommeil le fuyait depuis qu'il avait appris la nouvelle. Le moment n'était pas idéal pour accueillir Orla.

Elle était un problème, comme à peu près tout dans sa vie en ce moment. Un problème dont la solution lui échappait. De droit, il n'avait plus besoin d'elle ni de leurs fiançailles officielles, puisque son père n'était plus là. Il allait devoir monter sur le trône, contraint et forcé, pour quelques mois tout au moins, et retourner dès le lendemain au Zafar, lui qui s'était juré de ne jamais y remettre les pieds et, surtout, de ne jamais succéder à son père…

Le vieux chacal s'était donc débrouillé pour avoir le dernier mot. Avec ce décès prématuré à soixante ans à peine, plus moyen d'échapper à ses responsabilités… Une délégation avait débarqué du Zafar ce matin même, le royaume serait à la merci d'une crise constitutionnelle s'il ne prenait pas le pouvoir. Son père avait dirigé le pays d'une poigne de fer. Lui, projetait de rétablir une vraie démocratie au plus tôt, mais cela prendrait des mois, vu l'état général des institutions et des infrastructures. D'ici là, il lui faudrait régner en monarque.

Il contempla Orla immobile sur le seuil. La perspective de laisser derrière lui sa vie en Angleterre en déléguant la gestion de ses affaires à son équipe le temps de libérer le Zafar du joug paternel était déjà pénible. Mais comment allait-il justifier la brusque disparition d'Orla auprès des membres du Conseil avec lesquels il s'était entretenu ce matin, et qui se réjouissaient déjà à l'idée que ces fiançailles contribuent à la renaissance du Zafar ?

Ces espoirs étaient vains, puisqu'il n'y aurait pas de mariage à l'arrivée, mais la révélation pouvait attendre. Doucher les espoirs de ses concitoyens de manière aussi abrupte en renvoyant Orla à Kildare pourrait bien être prématuré.

— Quelle heure est-il ? demanda-t-il d'une voix enrouée en se levant pour aller à sa rencontre. Tu ne devrais pas être au lit ?

— Je n'arrivais pas à dormir. Je suis juste venue prendre de tes nouvelles et te présenter mes condoléances.

— Pour quoi donc ? répliqua-t-il, l'esprit ailleurs.

Elle était en jean et T-shirt. Depuis quand les tenues toutes simples étaient-elles devenues aussi sexy ? Les souvenirs de la veille, l'écho de ses sanglots étouffés, la sensation de ses chairs humides et gonflées alors qu'elle jouissait sous ses doigts, tout cela l'assaillit d'un coup et lui colla des frissons. Tout en elle l'enivrait… Depuis quand ?

Depuis le début, peut-être. Sa cervelle embrumée ne put lui offrir une réponse cohérente. Il sortit la main de sa poche. La toucher, encore…

— Pour ton père, Karim, répondit Orla. Je suis navrée.

Il se raidit devant son regard compatissant et laissa retomber sa main. Ces mots si doux l'écorchèrent comme de l'acide. C'était elle qu'il voulait. Pas sa pitié. Il haussa les épaules.

— Ne te donne pas cette peine. Moi, je ne le suis pas.

Si la remarque la choqua, elle n'en montra rien. Ses yeux brillaient toujours de tendresse, comme s'ils pouvaient lire dans son âme qu'il mentait.

Sa sympathie aurait dû l'indifférer absolument. Il n'aimait pas son père, qui ne lui manquerait pas une seconde. Il avait fort bien survécu depuis l'âge de dix ans sans que personne ne prenne soin de lui. Alors pourquoi diable réagir à ce regard aujourd'hui et trouver du réconfort, bizarrement, dans la seule présence d'Orla chez lui ? Il ne lui avait pas adressé la parole depuis l'annonce, même s'il avait souvent pensé à elle tandis qu'il prenait ses dispositions pour le grand départ et que les responsabilités s'accumulaient sur ses épaules.

— Tu devrais aller te coucher, dit-il en retournant vers sa table de travail.

— D'accord, dit-elle d'une voix douce. Mme Williams m'a dit que tu partais demain à midi pour le Zafar. Si je ne dois pas te revoir… J'espère que tout ira bien.

Il tourna vivement la tête dans sa direction, saisi d'une émotion viscérale, inexplicable, qui allait bien au-delà de l'attraction physique. Tout à coup il comprit qu'il n'était pas prêt à la laisser partir.

— Ne t'inquiète pas, tu me verras demain, et pour cause, dit-il. Je t'emmène au Zafar.

Orla resta interdite.

Elle avait observé Karim depuis le seuil de longues minutes avant de signaler sa présence. Il était ravagé. Les épaules voûtées, les cheveux en bataille, les yeux écarquillés fixés sur ses papiers, tout indiquait un état second.

Rien ne lui donnait le droit de se soucier des épreuves qu'il traversait, mais il semblait si différent du businessman âpre et indomptable qu'elle avait appris à connaître, mais aussi de l'homme joueur, plein de vitalité, qui avait grisé ses sens pas plus tard que la veille…

Une onde de compassion l'avait submergée.

Karim n'avait pas bougé d'ici depuis l'annonce du décès de son père, enfermé dans ce bureau avec ses assistants et toute une troupe de délégués, cadres et diplomates arrivés du Zafar en urgence. Avait-il seulement dormi depuis hier ? À en juger les ombres sous ses yeux, c'était improbable.

— Je ne comprends pas, murmura-t-elle enfin, s'arrachant à sa stupeur, comme il la fixait sans mot dire, de ce regard qui avait le don d'allumer des étincelles dans ses veines. Je pensais que tu n'aurais plus besoin de moi.

— As-tu seulement lu le contrat que tu as signé ? demanda-t-il d'une voix bourrue.

— Oui, mais…

— Alors tu sais que le Conseil attend de moi que je me rende au Zafar avec ma future Reine. La rupture de mes fiançailles si tôt après la mort de mon père susciterait un trouble qui tomberait assez mal, au beau milieu d'une crise constitutionnelle. En outre, ajouta-t-il d'un ton de défi, nous avons une affaire en suspens, il me semble…

Orla hocha la tête en s'efforçant d'ignorer les petites bulles de joie qui explosaient dans sa poitrine.

Elle s'était préparée à s'entendre signifier son départ de Londres imminent, peut-être pour ne plus jamais le revoir. Bien que logique, cette issue n'avait pas été si facile à accepter. Elle avait mis sa répugnance à quitter Karim sur le compte des plaisirs inédits auxquels il l'avait initiée, mais devant ses yeux ombrés de fatigue, de frustration et d'un chagrin qu'il refusait d'admettre, elle comprit que cela relevait d'autre chose, d'une émotion bien supérieure à leur connexion physique électrisante.

— D'accord, dit-elle. Je vais faire mes bagages.

Les épaules de Karim se détendirent.

S'attendait-il à ce qu'elle proteste et refuse d'honorer les termes de leur contrat ? Peut-être aurait-elle dû. Après tout, il n'était fait mention nulle part d'un voyage obligatoire au Zafar et une partie d'elle-même se languissait de Kildare, où tout était tellement plus simple et plus clair…

Cependant ils avaient tous deux conscience qu'il ne s'agissait plus seulement ici de prolonger la comédie ou d'éviter une crise plus profonde au royaume.

Karim avait raison. Une affaire entre eux restait en suspens et elle tenait comme lui à la terminer.

— Jason te donnera tous les détails demain à la première heure, dit Karim en reprenant ses documents en main. Dors bien. Le trajet sera long à travers le désert jusqu'au palais royal.

— Sans faute, murmura-t-elle avant d'ajouter sur une impulsion : Tu devrais en faire autant. Tu as l'air exténué.

Il la contempla longuement, au point qu'elle craignit d'avoir outrepassé une limite. Se préoccuper de la santé de son employeur n'entrait pas dans ses prérogatives… Mais il esquissa pour finir un sourire chagrin.

— Message reçu, dit-il.

Elle se tourna pour partir, bêtement heureuse de cette parenthèse d'intimité inattendue.

— Au fait, Orla… Ne t'inquiète pas, une fois sur place je ne compte pas t'imposer un vrai mariage.

Orla pivota lentement sur ses talons.

Craignait-il qu'elle se fasse des idées ? Qu'en acceptant de l'accompagner sans se plaindre, elle attende davantage de lui ?

— Tant mieux, dit-elle avec un sourire forcé. Je ferais une reine calamiteuse.

Karim pouffa. La tension retomba instantanément.

— Je ne suis guère mieux taillé pour le rôle…

Ce n'était pas vrai. Elle avait vu combien il travaillait dur, avec quel sérieux il prenait ses responsabilités pour le bien de son pays – quand bien même il se défendait une semaine plus tôt de toute loyauté envers lui. Son assurance, sa détermination, son autorité naturelle faisaient de lui le leader rêvé pour gérer une crise politique.

Son regard néanmoins trahissait une lassitude désabusée. Comme le ton amer dans son discours… Elle ne le convaincrait de rien aujourd'hui. Aussi se borna-t-elle à esquisser une petite courbette pour alléger l'atmosphère.

— Comme il vous plaira, Votre Majesté. Rendez-vous demain à midi. En route pour l'aventure !

En sortant dans le couloir elle entendit Karim qui riait tout bas.

Une fois dans sa suite, elle informa Dervla par texto de son départ pour le Zafar, puis éteignit le téléphone, n'ayant aucune envie de subir un assaut de commentaires délirants ce soir. Mais au moment de se glisser entre les draps, elle laissa éclater en elle les petites bulles de joie qu'elle retenait jusque-là.

Oui, se rendre au Zafar en compagnie de Karim *serait* une aventure extraordinaire. Tellement de choses la fascinaient chez lui. Une chance lui était offerte de mieux le connaître et de voir où cette mystérieuse connexion entre eux pourrait les mener. Cela impliquerait de sortir encore une fois de sa zone de confort, et alors ? Elle avait consacré tant d'années à se faire une place à Kildare, à s'y tailler un projet, que son travail là-bas était devenu une prison sur certains aspects. Trop consciente de ses faiblesses, elle avait fini par craindre la nouveauté. Quitter son milieu familier pour tenter sa chance ailleurs ne lui avait jamais traversé l'esprit… Or Karim lui avait montré qu'il avait toute confiance en ses capacités. Il suffirait d'un peu de courage, d'un peu d'audace. Ensuite… Vogue la galère !

Elle revit l'air troublé, presque fragile, de Karim dans son bureau. La mort de son père l'avait touché à un point dont il n'avait même pas conscience, c'était une certitude.

Il avait besoin de son soutien. Tout en refusant de le

reconnaître. Car si passagère ou fictive que soit leur relation, elle comprenait ce qu'il traversait pour avoir elle-même essuyé une tempête aussi violente l'année précédente, au décès de son propre père. Il avait fallu se ressaisir, gérer l'afflux d'émotions contradictoires vis-à-vis d'un être aimé et respecté, mais coupable d'avoir abandonné ses filles sur la fin. Réussir son deuil dans ces conditions relevait de la gageure. Elle s'était immergée dans le travail auprès de ses chevaux bien-aimés, en s'appuyant sur Dervla, Maeve, Gerry et les autres…

Karim ne manquait pas de travail pour se tenir occupé. En revanche, il ne semblait pas avoir d'amis pour lui remonter le moral et prendre soin de lui par gros temps.

Elle n'était peut-être pas son amie à proprement parler, et du reste il ne voulait pas de son aide… Mais il l'avait sauvée, un jour. Était-ce mal de souhaiter simplement lui rendre la politesse ?

10.

À peine la longue file de limousines avec chauffeur avait-elle atteint la crête rocheuse, les minarets scintillants du palais royal du Zafar surgirent au loin dans le soleil couchant, ravivant les ténèbres qui avaient tant imprégné l'enfance et l'adolescence de Karim.

Le visage pâle et tendu de sa mère, qui semblait si jeune aujourd'hui à vingt-deux ans de distance. La bouche pincée de son père, ses yeux dorés luisant de colère, signaux attestant que son fils lui avait encore déplu et qu'il serait puni en conséquence…

Comme en écho à cette peur d'enfant, l'estomac de Karim se contracta tandis que la voiture franchissait les portes du palais au milieu de la garde d'honneur composée des membres de la tribu et des officiers sanglés dans l'uniforme traditionnel rouge et or.

Une exclamation étouffée à sa droite l'arracha à ses souvenirs amers. Orla contemplait, émerveillée, les murs d'or du palais, ses cheveux fauves étincelant sur son teint de porcelaine. Ils roulaient maintenant dans les jardins royaux luxuriants, riches d'arbres et d'oiseaux exotiques, de fontaines sophistiquées et de bassins profonds à l'eau bleu-vert conçus comme un défi au désert aride et nu qui les entourait.

— C'est si beau, dit-elle en levant vers lui ses grands yeux d'émeraude.

— Vraiment ? répliqua-t-il d'un ton las.

— Je suis navrée que tu ne sois pas de cet avis.

La pointe familière de désir resurgit, en même temps qu'une émotion plus écrasante qu'il ne pouvait ni ne voulait nommer et qu'il étouffa aussitôt, comme il l'avait fait si souvent au cours des dix dernières heures, depuis qu'il l'avait retrouvée à l'héliport de Belgravia.

La savoir présente dans le jet, calée avec un livre à l'arrière, avait contribué à l'apaiser pendant le vol interminable tandis qu'il travaillait avec ses conseillers. En revanche, les deux heures passées dans cette maudite limousine depuis l'aéroport du Zafar avaient été un supplice. Le son de petits sanglots encore vivace dans sa mémoire, le parfum bien réel s'infiltrant dans ses narines avaient tenu son corps en alerte alors qu'il était censé se concentrer sur la meilleure façon de négocier les jours, les semaines et, que Dieu lui vienne en aide ! sans doute les mois à venir…

Elle l'avait surpris la veille dans un moment de faiblesse. Il avait cédé à une envie violente de la garder à ses côtés au moment d'affronter cette réalité nouvelle… Mais ce n'était pas seulement la fièvre familière qui montait dans ses veines tandis qu'elle vrillait sur lui son regard trop clairvoyant à son goût, exactement comme hier.

Pour quelle raison exacte avait-il souhaité sa présence ici ? Pour réaliser enfin les rêves érotiques échevelés qui le poursuivaient depuis des jours ? Éviter un incident diplomatique en rompant trop vite ses fiançailles ? Rien de plus, vraiment ? Pourquoi s'était-il révélé incapable de la laisser là-bas, alors qu'il n'avait jamais eu de problème jusqu'ici à se confronter seul à ses démons ?

Une chose était sûre, il la posséderait dès ce soir, histoire de faire un sort à l'un au moins de ces fichus démons.

— Une fois achevées les présentations officielles, lui dit-il, je demanderai qu'on te conduise dans mes appartements privés.

— D'accord, dit-elle d'une voix douce en rougissant.

Elle était toujours d'accord. Karim relâcha le souffle qu'il n'avait pas conscience de retenir.

Et s'il n'avait pas eu tort de l'emmener ? Ses motivations étaient peut-être très simples, au fond. Sérieusement, il aurait eu du mal à justifier son absence auprès du Conseil. De plus Orla serait une diversion bienvenue. Ses grands yeux, ses cheveux fous, ses lèvres pulpeuses et ce corps de rêve… Elle se révélait plus intelligente, plus drôle, plus charmeuse qu'il ne l'avait cru, avec une finesse d'esprit et un tempérament assez stimulants. Il allait avoir besoin de plages de repos dans les jours à venir, et Orla semblait la personne idéale pour les lui offrir.

— Le Conseil m'aura sûrement concocté toute une série de réunions et de briefings fastidieux auxquels je ne pourrai échapper aujourd'hui, dit-il en lui prenant les doigts pour les porter à ses lèvres.

C'était le tout premier contact qu'il se permettait depuis leur escapade dans la limousine qui les ramenait de la vente Hammonds, une éternité plus tôt. Elle tressaillit. Karim sentit un sourire lui venir aux lèvres. Il n'était donc pas le seul à souffrir du célibat forcé des jours derniers.

— Je te rejoindrai dès que possible, ajouta-t-il d'un ton entendu.

Écarlate, Orla hocha la tête en silence.

Karim refoula une bouffée d'allégresse. Bon sang, ce qu'il avait envie d'elle ! Satisfaire cette envie simplifierait à coup sûr les sentiments qu'elle lui inspirait – des sentiments devenus trop compliqués, comme tout le reste dans sa vie ces jours-ci.

— La folie devrait se calmer d'ici deux ou trois jours, ajouta-t-il. Alors nous discuterons de ton avenir.

Après une si longue attente, ils ne seraient pas repus de sitôt. Karim avait envie d'explorer chaque parcelle de sa chair parfumée, de la voir encore perdre pied… Mais cette fois il s'enfouirait dans sa moiteur et…

Arrête, Karim. Des heures de bureaucratie fastidieuse t'attendent avant que tu puisses enfin la posséder.

Il s'éclaircit la gorge et se concentra sur des détails plus terre à terre.

— Tu souhaiteras retourner à Kildare, je présume ?

Une ombre passa sur son visage, qui ressemblait fort à de la déception. Karim chassa cette idée, c'était stupide. Ils s'étaient mis d'accord sur un arrangement temporaire, qui leur convenait à l'un comme à l'autre.

— Oui, répondit-elle.

Il hocha la tête, heureux que la voiture stoppe enfin au pied de la spectaculaire bâtisse mauresque qui les dominait tel un mauvais géant.

Une brochette de dignitaires et de diplomates en robe de cérémonie les attendaient, figés au garde-à-vous. Un serviteur du palais se précipita pour leur ouvrir la portière. Karim mit pied à terre en s'ingéniant à ignorer les promesses alléchantes dans les yeux d'Orla, sous les youyous assourdissants des tribus indigènes ponctués par les coups de canon tirés hors les murs afin de célébrer l'arrivée du nouveau Roi.

Sa compagne le rejoignit quelques instants plus tard. S'ensuivirent des présentations interminables pendant lesquelles il garda par obligation une main sur sa hanche, plus que conscient des légers tremblements que le contact suscitait chez elle comme chez lui. Lorsqu'ils parvinrent devant le rang des employés du palais, Karim comprit qu'il n'en pouvait plus. Le trajet avait été fatigant et même s'il avait enfin réussi à dormir un peu la nuit dernière, la proximité d'Orla mettait à rude épreuve le peu de patience qu'il lui restait. Il avait besoin de la savoir au chaud, disponible dans ses appartements, pour espérer survivre aux prochaines heures sans arborer une érection de la taille de cette tour qui les surplombait.

Mettant abruptement fin aux présentations, il adressa un

signe à l'homme qui leur avait été désigné comme l'ancien grand chambellan de son père.

— Hum… Saed ? Conduisez donc ma fiancée jusqu'à mes appartements, je vous prie. Et assurez-vous qu'elle ne manque de rien, ajouta-t-il dans l'idée qu'elle se repose en prévision d'une nuit qu'il envisageait très active.

Le vieil homme haussa les sourcils.

— Mais, Votre Majesté… De telles dispositions avant le mariage de vendredi jetteraient le déshonneur sur vous-même et Mlle Calhoun…

— Le *quoi* ?

Orla se tendit à côté de lui, aussi horrifiée que lui sans doute. Que se passait-il ici, bon sang ? Personne ne l'avait informée d'un tel projet.

— Je n'ai jamais donné mon accord pour un mariage ! s'exclama-t-il, exaspéré.

— Le Conseil a tout organisé pour vous être agréable, Votre Majesté, déclara le grand chambellan en jetant un regard furtif vers les membres du Conseil alignés de l'autre côté de la cour d'honneur.

— Qu'est-ce que… Comment ça, *agréable* ? Nom de…

Il retint le juron de justesse devant le mouvement de recul du chambellan.

C'était intolérable. Inconcevable ! Il n'avait jamais demandé que la noce soit planifiée. Il sentit Orla frissonner. Imaginait-elle un coup fourré dont il serait complice, ou pire, responsable ?

Il se sentit coupable tout à coup et en oublia presque sa colère. Un souvenir le transperça, l'entraînant vers les heures les plus sombres de son enfance. Sa mère, les traits tirés, marmonnant tant de fois les mêmes paroles dans sa détresse avant de mettre fin à ses jours.

Il ne m'aimait pas, Karim. Il s'est servi de moi, il m'a piégée puis chassée, parce qu'il n'avait jamais vraiment voulu de moi.

D'autres images, longtemps reléguées dans les oubliettes de sa mémoire, se mirent à rôder autour de sa conscience tandis que Saed bégayait :

— Agréable à Votre Majesté, en effet… Le Conseil croyait…

Il se tut, les yeux tournés vers Orla qui ne bougeait plus un cil.

— Qu'est-ce qu'il croyait ? rétorqua sèchement Karim.

— C'était la coutume du temps de votre père… Le mariage devait avoir lieu au plus tôt afin que…

Saed s'interrompit de nouveau.

À la mention de son père, Karim vit rouge. Ce chacal le manipulait sans relâche de son vivant et il continuait maintenant depuis la tombe ? Hors de question !

— Afin que *quoi* ? demanda-t-il, haussant le ton, mais déjà certain, hélas, de connaître la réponse.

— Afin qu'il n'ait pas à attendre, acheva le chambellan d'une voix inaudible. Pour consommer le mariage.

Évidemment.

Son père se faisait une joie d'exploiter les femmes. Il les jetait après usage. Il en épousait certaines, d'autres non, mais lorsqu'il en voulait une la patience n'était pas son fort.

— Le Conseil a pris ses dispositions pour que Mlle Calhoun soit installée dans le quartier des femmes, comme le veut la tradition, pour être honorée en sa qualité de promise jusqu'à la noce, poursuivit Saed qui tremblait à présent.

Karim se sentit de plus en plus mal à mesure que les conséquences se frayaient un chemin dans son cerveau fatigué. La honte l'envahit.

Cette catastrophe n'était pas la faute de Saed. Ni celle du Conseil. Tout le monde avait simplement supposé qu'il était à l'image de son père, un chacal insatiable se croyant tout permis avec les femmes, et s'employait maintenant à honorer Orla tout en exauçant le vœu supposé du nouveau Roi – cette femme, dans son lit, au plus vite.

Or telle était précisément son intention en emmenant Orla au Zafar… Et l'ironie douteuse de la situation aggravait encore les choses.

À la vérité, la seule personne à blâmer pour ce fiasco, ce n'était pas un mort, mais lui-même.

— Tout va bien, Karim, dit Orla d'une voix douce. Je vais aller dans le quartier des femmes, si c'est ce qui convient le mieux pour tous.

Karim se tourna vers elle, s'attendant à des reproches, du dégoût, de l'angoisse… Mais non. Son visage exprimait à peine une légère inquiétude. Il respirait surtout la confiance, ce qui était pire que tout.

Il se fit l'effet d'un salaud. Comment pouvait-elle garder foi en lui, alors qu'il n'avait rien fait pour le mériter ?

L'espace d'un instant douloureux, il revit Orla accrochée à son cou tandis qu'il l'emportait tel un fétu de paille à travers la salle de bal pour la soustraire aux avances indésirables d'un sale type. Les ongles fichés dans sa nuque, le visage niché contre sa chemise, elle semblait une petite fille plutôt qu'une femme, une innocente et fragile petite fille en grand besoin d'être chérie et protégée…

Or le sale type dont elle devait s'abriter aujourd'hui n'était autre que lui-même.

— Ce serait préférable, oui, le temps que je trouve une solution, dit-il d'une voix si râpeuse qu'elle lui écorcha la gorge.

— Je fais immédiatement escorter Mlle Calhoun jusqu'au quartier des femmes, annonça Saed en claquant des doigts.

Deux servantes sortirent aussitôt du rang. Leur soulagement devant la nouvelle tournure des événements était presque drôle à voir. Sauf que Karim n'avait vraiment pas le cœur à rire.

Les méfaits de son père n'étaient rien au regard de sa propre turpitude. Il s'était toujours cru moralement supérieur à son géniteur. C'était aujourd'hui sa première épreuve du feu… Et il ne faisait pas le poids.

La venue d'Orla au Zafar se justifiait politiquement, mais il avait surtout tenu à la garder avec lui pour des raisons personnelles. Il s'était convaincu que ses besoins sexuels primaient sur tout le reste, et l'avait ainsi placée dans une situation intenable. Car stopper ce mariage relevait désormais de l'impossible. Comment expliquer aux membres du Conseil qu'il ne souhaitait pas se marier sans qu'ils se doutent que les fiançailles étaient en réalité une ruse pour contrarier les projets de son père ?

En outre, quoi qu'il fasse maintenant, songea-t-il la rage au cœur, Orla et lui n'auraient aucun moyen de satisfaire leur appétit ce soir. Comment la ferait-il escorter jusqu'à ses appartements sans soulever des interrogations sur sa propre intégrité ?

Il s'exhorta au calme tandis que Saed présentait Orla aux servantes qui s'apprêtaient à la lui enlever pour Dieu sait combien de temps, Ameera, sa camériste, et la jeune Jamilla, sa future assistante personnelle. Avant qu'elle ne parte toutefois, il lui saisit le poignet pour la tourner vers lui et toucha son menton.

— N'aie pas peur, murmura-t-il avant de déposer sur ses lèvres un doux baiser d'adieu. Je trouverai une solution.

Il se détacha d'elle avec effort. La savoir retranchée dans le quartier des femmes n'était peut-être pas une si mauvaise chose. Cela lui permettrait de cesser enfin de réfléchir avec une partie de son anatomie qui n'était pas sa cervelle.

À sa surprise, Orla lui décocha un grand sourire. Ses yeux pétillaient de désir.

— Tout va bien, Karim. Je n'ai pas peur. J'ai confiance en toi.

En la regardant s'éloigner, l'ondulation de ses hanches n'aidant pas à apaiser la fringale qui les avait conduits dans cette impasse, Karim comprit que le problème n'était pas la confiance qu'elle avait en lui, mais celle qu'il n'avait plus en lui-même.

Il avait bataillé toute sa vie pour ne pas ressembler à son père. Il s'était cru honnête dans ses relations avec les femmes, très clair sur ce qu'il pouvait ou non leur offrir. Or voilà qu'il venait de franchir une ligne, et il n'était pas sûr d'avoir la force de faire machine arrière.

11.

— Vos cheveux sont des flammes, Orla. C'est la nature ou la magie d'un flacon ?

— La nature, répondit Orla en souriant malgré elle.

Le bavardage d'Ameera, avec ses commentaires très directs mais toujours bienveillants, se révélait une bénédiction. Sans cela, elle serait sûrement devenue folle.

Près de soixante-douze heures s'étaient écoulées depuis son arrivée au Zafar, dont l'essentiel à se faire cocooner dans le somptueux quartier des femmes du palais royal. Le lendemain de son arrivée, le maître d'écurie lui avait fait visiter les installations car Karim souhaitait ses conseils, paraît-il, sur les soins à apporter aux magnifiques étalons arabes hérités de son père. Une preuve de confiance de sa part, qui lui avait fait plaisir et fourni une occupation bienvenue, mais quelle déception de ne pas l'avoir vu en personne ! Tout juste avait-elle reçu la veille une note de deux lignes la remerciant de son retour sur les chevaux, « inestimable » selon lui, ajoutant qu'il travaillait à « résoudre la situation de façon à satisfaire chacun ».

Depuis, aucune nouvelle. Et le mariage était prévu ce soir. Dans quatre heures exactement. Ameera et les autres servantes ne nourrissaient visiblement aucun doute sur sa tenue, puisqu'elles s'étaient invitées dans sa suite ce matin en insistant pour lancer le rituel interminable qui la préparerait à devenir la nouvelle Reine du Zafar.

De sa vie Orla ne s'était sentie aussi gênée, confuse et

anxieuse. Elle n'avait pas d'autre choix pourtant que d'essayer de se détendre.

Quelle que soit l'évolution des pourparlers diplomatiques, Karim avait toute sa confiance, comme elle le lui avait dit avant qu'ils ne se séparent. Comme elle, il était resté stupéfait à l'annonce par Saed du programme prévu et il tentait depuis de tout arrêter, elle n'avait aucun doute sur ce point. Mais depuis ce matin, devant l'excitation générale au palais à la perspective de la noce, elle commençait à se douter que l'annulation relevait de l'impossible. Ne serait-ce que parce que Karim ne pouvait se rétracter sans avouer la comédie des fiançailles…

C'était un sacré pétrin. Et sans doute Karim n'était-il pas le mieux placé pour trouver une issue, lui dont la vie venait déjà d'être bouleversée par le décès de son père, et les conséquences sur le royaume – un sujet dont les servantes ne se lassaient pas.

— Vous êtes très tendue, déclara Ameera qui lui massait le crâne avec un shampooing au parfum de bergamote et de fleur d'oranger. Il ne faut pas. Le mariage sera grandiose. Tout le Zafar est impatient de souhaiter la bienvenue à notre nouvelle Reine comme à notre nouveau Roi !

Orla retint un fou rire nerveux. Si le peuple du Zafar savait que le Roi et sa promise se connaissaient à peine et que leurs fiançailles n'étaient qu'une vaste supercherie ?

Ses joues s'échauffèrent au souvenir du baiser d'adieu de Karim. Soit, ce n'était plus *totalement* une supercherie. Elle s'inquiétait pour lui dans cette période tumultueuse. Au-delà du raisonnable, sans doute. Le désir l'habitait aussi, tenace, irrépressible. À mesure que les minutes s'égrenaient sans nouvelles de lui, le mariage lui apparaissait comme une épreuve moins redoutable que prévu, en fin de compte, puisqu'il les autoriserait enfin à satisfaire la faim qui les consumait l'un et l'autre depuis des jours maintenant.

Ils avaient été capables de simuler des fiançailles, pourquoi ne pourraient-ils simuler un mariage ?

— Vous êtes ravissante quand vous rougissez ! s'exclama Ameera tout en finissant de lui rincer les cheveux.

Orla se mordit la lèvre. *Fantastique.* Comme si cette situation n'était pas assez embarrassante comme ça, maintenant tout le monde saurait à quel point elle était avide de rejoindre la couche de Karim.

— Le nouveau Roi est très séduisant, ajouta Ameera, un sourire dans la voix. À la façon dont il vous a embrassée dans la cour l'autre jour, avec tendresse et amour, je dirais que cet homme ne ressemble pas à son père, ni vous à sa mère. Votre nuit de noces sera très agréable !

Ameera riait en drapant une serviette-éponge moelleuse autour de sa tête. Orla se redressa sur sa chaise et se tourna vers elle, étonnée de cette allusion aux parents de Karim.

Personne ici ne semblait enclin à parler du défunt roi. Dès que son nom était mentionné devant elle, des regards s'échangeaient et l'on changeait de sujet. Ce qui, à bien y réfléchir, était pour le moins suspect, s'agissant d'un homme décédé moins d'une semaine plus tôt.

Quant à la mère de Karim, le peu qu'elle en savait venait de ses recherches sur Internet la veille de leur rencontre. De vieux articles de presse racontaient que Cassandra Wainwright, riche héritière britannique, avait épousé le roi Abdullah, puis divorcé, avant de retourner en Angleterre avec son fils et d'y mourir cinq ans plus tard, alors que Karim n'avait que dix ans. Cela expliquait peut-être qu'il n'en ait jamais parlé. Mais pourquoi si peu d'informations sur la mort de sa mère, ou sur les raisons de son divorce ?

Jusqu'à ce commentaire d'Ameera.

Cet homme ne ressemble pas à son père, ni vous à sa mère. Votre nuit de noces sera très agréable !

Elle ne devrait pas interroger Ameera, le passé de Karim ne la regardait pas… Mais la curiosité l'emporta. Elle se demandait surtout ce qui était arrivé à sa mère pendant sa nuit de noces. Était-ce si déraisonnable de sa part ? L'heure tournait et elle risquait de vivre sa propre nuit de noces pas plus tard que ce soir.

— Avez-vous connu la mère de Karim ? demanda-t-elle tout de go.

Ameera garda le silence. Son sourire et la lueur espiègle dans ses yeux s'étaient évanouis. Orla commençait à regretter sa question lorsque la camériste hocha enfin la tête.

— Oui, j'ai connu la deuxième épouse du Roi. J'étais femme de chambre au palais lors de son arrivée ici, juste avant le mariage.

— À quoi ressemblait-elle ?

— Le Roi ne vous a jamais parlé de sa mère ?

Orla rougit.

— Nous nous connaissons depuis peu de temps, lui et moi, dit-elle avec précaution. Je sais juste qu'il ne s'entendait pas très bien avec son père.

Ameera esquissa un sourire triste.

— Le nouveau Roi a vécu longtemps loin du Zafar et il est resté des années sans voir son père, alors oui, en effet, ils ne s'entendaient pas bien !

Le sourire fit place à une expression circonspecte.

— J'ai peur de ne pas pouvoir vous raconter leur mariage. Cassandra m'a fait jurer de garder le secret, il y a des années. C'est un vœu que je n'ai jamais brisé. Sa Majesté n'avait que cinq ans lorsqu'il a quitté le Zafar avec sa mère. S'il savait...

Elle s'interrompit et soupira.

— Lui non plus ne voudrait pas que j'en parle.

Devant la tristesse d'Ameera, si étonnante chez une femme aussi gaie, le cœur d'Orla se mit à tambouriner dans sa poitrine. Quelque chose avait très mal tourné dans le couple avant le divorce. Karim en avait-il été témoin ? Était-ce ce souvenir qui hantait son regard au moment où la limousine franchissait les grilles du palais ?

Il avait beau se défendre de toute émotion envers son père, la réalité était à l'évidence plus complexe. Ce n'était peut-être pas qu'il n'éprouvait rien, c'était surtout qu'il ne voulait rien éprouver.

Orla se remémora le soir où elle était allée le trouver dans son bureau. Il avait paru si seul. Elle n'avait pas été surprise outre mesure que cet homme dominateur, plus pragmatique que démonstratif, préfère ne s'appuyer sur personne, et surtout pas sur elle. Elle brûlait néanmoins de l'aider d'une manière ou d'une autre à retrouver l'énergie qu'elle lui avait connue avant tous ces événements en chaîne. Et pour cela, pour lui offrir l'amitié dont il avait besoin, elle devait savoir contre quels démons il se battait.

— Savez-vous… pour quelle raison Karim ne s'entendait pas avec son père ?

— Tout ce que je peux vous dire, murmura Ameera, mais vous ne devrez le répéter à personne, car c'est un manque de respect de parler ainsi du Roi…

Orla acquiesça en silence, mesurant le risque que prenait la cameriste en parlant aussi librement de son ancien maître.

— … Le roi Abdullah, père de Sa Majesté, n'était pas un homme taillé pour le mariage.

Ameera s'accorda un temps de réflexion avant de préciser :

— Ni, je crois, pour la paternité. Il pouvait être très dur, comme mari. Et aussi comme père. Lorsque Sa Majesté Karim revenait ici au Zafar l'été conformément à la convention de divorce, ils se disputaient souvent, surtout pendant son adolescence. Son père le punissait sévèrement à la moindre impertinence.

— Oh ! non !

Orla en eut la gorge serrée. Pauvre Karim ! Pas étonnant qu'il se sente déchiré au moment d'accéder au trône, plein de colère encore contre feu son père…

Elle songea à son propre père. Leurs relations s'étaient compliquées après le décès de sa mère, il était de plus en plus absent, mais jamais il ne s'était montré violent ni cruel délibérément.

— Ce doit être difficile pour lui d'assumer ses nouvelles responsabilités après avoir eu cet exemple sous les yeux, murmura-t-elle.

— Les conseillers du nouveau Roi disent qu'il est très compétent et qu'il a déjà engagé beaucoup de changements positifs dont le pays avait besoin. Cependant, d'après ses serviteurs, il ne dort pas bien. Des cauchemars le réveillent en pleine nuit, il fait les cent pas dans sa chambre. Ils le croient perturbé, oui, mais il serait déplacé de leur part de s'interroger sur ce qui se passe dans le cœur de Sa Majesté.

Orla perçut la note de censure dans la voix de la camériste. En effet, ce n'était pas aux domestiques de le soutenir dans les moments difficiles. C'était le rôle de la femme de sa vie.

D'accord, elle n'était pas exactement cette femme-là, mais il n'avait qu'elle en ce moment. Depuis trois jours elle s'affolait sur sa propre situation… Mais elle le voyait à présent, c'était Karim qui avait besoin d'un coup de main. Il était temps de lui montrer qu'elle pouvait se rendre utile, et pas seulement auprès des étalons arabes de son père.

— Je veux voir le Roi maintenant, dit-elle.

Ameera fronça les sourcils.

— Cela ne portera pas chance à votre mariage, de le voir juste avant.

Ah ! La même superstition idiote qu'à Kildare sévissait donc au Zafar. Orla soupira.

— Et si je lui écris une note ? demanda-t-elle. Pourrait-on la lui transmettre ?

— Ça, ce serait follement romantique, répondit Ameera en souriant. Je peux la lui transmettre pendant que ces dames préparent votre bain.

— Magnifique.

Restait maintenant à trouver les mots justes pour faire savoir à Karim qu'elle était prête à jouer le jeu jusqu'au bout s'il le fallait, et qu'elle répondrait présent s'il avait besoin d'elle.

— Le cheikh Zane et la reine Catherine de Narabie, ainsi que le prince Kasim et la princesse Kasia des tribus du Kholadi viennent d'arriver au palais avec leurs suites. Dois-je les faire accompagner jusqu'à leurs chambres avant que vous n'alliez les accueillir ?

Karim fusilla Saed du regard, retenant de justesse le juron qui lui venait aux lèvres. Le grand chambellan tressaillit et recula d'un pas pour s'incliner très bas.

Le moment était sans doute venu de s'avouer vaincu. Trois jours de négociations avec le Conseil, avec toute la diplomatie dont il était capable, pour reporter ou annuler ce fichu mariage tout en gérant en parallèle des milliers d'autres problèmes, des petits, des gros, tous urgents, n'avaient servi absolument à rien. Tous ses autres ordres ou décrets avaient été entérinés, mais pas une de ses suggestions en rapport avec la noce n'avait trouvé grâce aux yeux de ces messieurs. Visiblement, ils n'avaient même pas pris la peine d'annuler les invitations adressées sans son accord aux chefs d'États voisins et autres personnalités éminentes.

Il n'avait aucun moyen de stopper la machine maintenant.

— Bonne idée, Saed, soupira-t-il sans faire beaucoup d'efforts pour cacher sa frustration. Je les recevrai comme il se doit dans une heure. Assure-toi qu'ils ont tout ce qu'il leur faut d'ici là.

Saed s'éclipsa aussitôt.

Karim avait croisé quelquefois à Londres et New York dans des soirées mondaines Zane Khan, un lointain cousin. Il avait fait affaire ici ou là avec Raif, alias prince Kasim, le demi-frère de Zane. Mais apprendre que ces deux-là avaient été invités avec femmes et enfants à assister à la comédie n'améliorait pas son humeur.

Il porta les doigts à ses tempes bourdonnantes.

D'une manière ou d'une autre, il allait devoir expliquer ce bazar à Orla et lui demander de jouer le jeu. Peut-être pourrait-il lui offrir en échange le poste qu'elle avait sollicité chez les Calhoun, ou quelque chose d'approchant ? En incluant le paiement qu'elle avait refusé à l'origine ? Un million d'euros adoucirait sûrement la perspective de devoir jouer la reine à ses côtés pour un temps indéfini…

Cette idée lui était à peine venue qu'il la repoussa avec force. Comment lui proposer de l'argent juste avant leur nuit de noces – sur laquelle il comptait toujours, c'était même la seule chose qui rendît tolérable l'idée d'en passer par cette farce ? Cela reviendrait à la rétribuer pour du sexe ! Bien sûr il avait soutenu financièrement plus d'une maîtresse par le passé, mais Orla était un cas à part. Aucune de ses précédentes fréquentations ne lui avait inspiré suffisamment confiance pour envisager des épousailles, elles auraient cherché à en tirer profit. Alors qu'il se fiait sans réserve à Orla. Pourquoi ? Mystère…

Peut-être était-ce ce moment où elle lui avait dit qu'elle lui faisait confiance. Ou celui où elle s'était abandonnée dans ses bras à l'arrière de la limousine avec une candeur si touchante, au retour de la vente Hammonds… Ou encore le tout premier soir, lorsqu'elle s'accrochait à lui et qu'il ne pensait qu'à la protéger.

Quelle ironie tout de même, que cette femme qu'il était contraint d'épouser en soit venue à compter davantage pour lui que toutes les précédentes. Il en aurait souri s'il n'avait été aussi troublé. Le moyen d'annoncer à une personne que l'on estime et respecte assez pour ne pas la manipuler, que l'on va être amené à la manipuler tout de même ? Karim n'en avait aucune idée. La question ne s'était jamais posée, puisqu'il n'avait jamais été intime avec quiconque. Et maintenant il allait être contraint, du fait de l'intransigeance du Conseil, de laisser Orla entrer plus encore dans sa vie…

Karim arpenta la grande pièce luxueusement meublée en s'autorisant enfin à jurer tout son soûl pour se calmer les nerfs.

Il s'était obligé à ne pas revoir Orla tant qu'il n'avait pas de réponse définitive à lui donner au sujet du mariage. Pas sûr que ce soit une bonne idée d'aller la trouver maintenant. Après huit heures d'avion, plus deux autres en voiture, sans pouvoir se toucher, ils avaient mérité une chance de savourer le moment, de déguster une longue et décadente nuit ensemble, une fois le rideau tombé sur cette comédie…

Au moment où son corps s'enfiévrait, comme chaque fois qu'il pensait à elle, on frappa à la porte. Encore !

— Qui est-ce ? brailla-t-il.

— C'est Hakim, Votre Majesté. J'ai un message pour vous de la part d'Ameera, la camériste de votre fiancée.

Karim fronça les sourcils. Orla exigeait sûrement de savoir ce qui se passait. Comment l'en blâmer ?

— Entrez ! Donnez-moi ça.

Le jeune homme s'inclina avant de lui tendre une note manuscrite. Karim reconnut aussitôt l'écriture ample d'Orla sur l'enveloppe. Il ne l'avait vue qu'une fois pourtant, le jour où elle avait signé le contrat de fiançailles. Comment diable tant de bouleversements avaient-ils pu se produire depuis ?

Le cœur battant, il saisit l'enveloppe sur le plateau de service en argent. Une bouffée du parfum d'Orla s'infiltra dans ses narines…

Karim,

Je sais que tu es très occupé en cet instant. Je voulais juste te dire que, quoi que tu décides au sujet de notre « situation » aujourd'hui, cela me conviendra.

Pour information, je suis douée pour écouter. Nos fiançailles sont particulières, j'en ai conscience, mais quelquefois le chagrin arrive sans prévenir et le besoin d'un ami se fait sentir…

Orla

Devant l'empathie exprimée par ces mots si simples, Karim sentit s'élargir la brèche qui s'était creusée au fond de lui à l'annonce de la mort de son père.

Comment Orla avait-elle deviné qu'il avait besoin d'elle ?

Il se raidit. Le voilà donc aussi transparent, aussi vulnérable que lorsqu'il était petit… Assis dans cette église glaciale, les yeux rivés sur le cercueil recouvert de fleurs d'été dont le parfum puissant masquait le moisi des vieux missels, les jambes pendant du banc et des larmes plein les yeux, à tenter de comprendre pourquoi sa mère l'avait abandonné alors qu'il avait essayé si fort de la rendre heureuse…

— Votre Majesté, dois-je donner une réponse à Ameera ?

Karim releva les yeux vers son serviteur et sentit monter la rage. Cette brèche était une faiblesse qu'il ne pouvait pas se permettre. Ni montrer à quiconque.

Il froissa la note dans son poing. S'appuyer sur Orla était exclu. Sa sympathie, il s'en passerait. Sinon il redeviendrait cet enfant sans défense, effrayé, seul.

— Oui, dit-il.

Ni une ni deux, il regagna sa table de travail et griffonna quelques mots sur un carré de papier qu'il glissa dans une enveloppe avant de le donner à Hakim.

— Dis à Ameera de transmettre ceci à Mlle Calhoun.

Une fois seul, il décrocha son téléphone et demanda à être mis en contact avec Carstairs à Londres.

Il devait s'organiser pour qu'Orla soit rapatriée au plus vite à Kildare après la cérémonie. Leur mariage pourrait être annulé en toute discrétion d'ici quelques mois. L'absence de la reine soulèverait des questions au début, mais son cap ne varierait pas. On l'obligeait à en passer par ces noces ? Il ne concéderait rien de plus à l'avenir. Pas question de risquer de rendre cette relation plus réelle qu'elle ne l'était déjà. Orla s'était glissée sous sa garde, il fallait maintenant limiter les dégâts.

Elle était devenue trop importante pour lui.

C'était un concours de circonstances. La frustration sexuelle, cette alchimie qu'il avait tant de peine à maîtriser… Les circonstances peu banales de leur relation… Le stress, à la perspective d'assumer une succession dont il n'avait jamais voulu… Les cauchemars qui l'assaillaient depuis son retour au Zafar… Des émotions qu'il pensait mortes et enterrées depuis une éternité avaient resurgi. Et Orla n'était *pas* la solution pour en reprendre le contrôle.

Au bout de la ligne Carstairs eut quelque peine à se remettre de sa surprise.

— Mais quel dommage, Karim ! Vous alliez si bien ensemble…

Décidément rien ne semblait pouvoir apaiser la douleur au fond de lui. Cette nuit s'annonçait comme la plus longue et la plus déchirante de sa vie.

12.

— Vous êtes magnifique, murmura Ameera en rabattant le voile sur le visage d'Orla.

Orla poussa un soupir tremblant. Des papillons s'affolaient dans son ventre au bruit des invités qui patientaient là-bas dans la cour. Il y avait là une petite foule composée de rois et reines, princes et princesses, chefs d'État et dignitaires du Zafar et des contrées voisines. Autant d'inconnus, qui ne la connaissaient pas non plus. La nuit était tombée depuis quelques minutes, nimbant d'un halo doré la vaste antichambre dans laquelle une armée de petites mains s'affairaient autour d'elle depuis des heures. Habillée, maquillée, coiffée, bichonnée, parfumée… Elle n'en pouvait plus.

— Merci, Ameera, dit-elle, captant du coin de l'œil son reflet dans le miroir en pied au cadre argenté près de la porte.

À travers la dentelle du voile, lui apparut la somptueuse robe de soie rouge et or brodée de mille et une minuscules pierres précieuses, coulée sur sa silhouette tel un murmure d'amour pour révéler la jupe et le corsage ajustés sous le vêtement de mariage royal traditionnel zafari. Ses cheveux tout fous d'ordinaire avaient été miraculeusement domptés en une cascade de boucles. Ses yeux semblaient immenses, ourlés de ce trait de khôl… L'artiste maquillage n'aurait pas dû se donner cette peine, car ses yeux s'écarquillèrent d'eux-mêmes comme le brouhaha s'estompait de l'autre côté des portes.

Elle entendit l'annonce du mariage proclamée en zafari,

puis en anglais par le chef du protocole qui était venu lui exposer les détails de la cérémonie, puis de la réception qui suivrait, quelques heures plus tôt – juste après l'arrivée de la note de Karim, dont les mots ne cessaient de lui tourner dans la tête, encore et encore.

Orla,

Nous allons devoir en passer par ce mariage de comédie, j'en ai peur. Néanmoins, j'ai déjà pris mes dispositions pour ton retour à Kildare.

Dans ces circonstances, je juge préférable que nous ne partagions pas une chambre à l'issue de la cérémonie, de façon à obtenir rapidement une annulation.

K

Une onde de déception et de tristesse déferla, noyant les papillons. Orla inspira à fond. Allons, pourquoi cette brusque crise d'angoisse ? Karim ne la rejetait pas, il l'informait de la suite des événements. Elle n'avait aucune raison de ne pas sentir à la hauteur…

Ameera termina d'ajuster le voile tandis que résonnaient les premiers accords de musique dans la cour.

— Il est l'heure, Votre Altesse, dit la camériste en lui pressant la main. N'ayez crainte, vous ferez une merveilleuse épouse au côté de Sa Majesté.

Sauf qu'il ne veut pas de moi comme épouse, ni quoi que ce soit d'autre.

— Merci, Ameera, répondit Orla en lui rendant son geste.

Les immenses portes lambrissées en laiton s'ouvrirent en grand. Elle se détacha de sa camériste à regret et sortit, les mains serrées devant elle, flanquée de la garde d'honneur de la Reine en longues robes rouges brodées de fils d'or.

Continue à marcher. Sans trébucher, surtout.

Elle obligea ses babouches de soie rouge à avancer sur un sentier éclairé de torches et parsemé de pétales de roses menant au grand jardin central du palais. Sur les côtés, elle aperçut des visages, tant de visages dont les yeux étaient braqués sur elle. Elle en chercha d'instinct quelques-uns pour y puiser de la force et apaiser la peur qui lui nouait le ventre…

Un personnage impressionnant vêtu de l'habit noir des tribus nomades, portant un enfant dans les bras, inclina la tête sur son passage tandis que son épouse non moins superbe, avec un joli ventre rond et tenant le jumeau du premier par la main, faisait la révérence en lui décochant un sourire lumineux.

Ce sourire-là l'aida à longer la rangée suivante de diplomates et militaires en tenue somptueuse, dont les regards affûtés semblaient percer sa comédie à jour. Elle passa peu après devant un autre couple tout aussi saisissant de beauté, accompagné de trois enfants celui-là, d'autres princes héritiers, à n'en pas douter. La femme lui adressa un clin d'œil tout en s'inclinant et chuchota discrètement, avec un accent anglais :

— Courage, Votre Altesse, c'est presque fini.

Un sourire nerveux joua sur les lèvres d'Orla, avant de s'évanouir brutalement.

Son regard venait de tomber sur Karim, campé tout au bout de l'allée centrale, souverain sous sa coiffe de cérémonie et ses robes royales or et argent qui rehaussaient encore sa carrure imposante.

La royauté lui allait comme un gant, songea-t-elle en tentant désespérément de maîtriser ses battements de cœur. À son approche, les yeux d'or de Karim se scellèrent aux siens. Le désir flamba aussitôt, se mêlant à la douleur du rejet. Orla vit ses épaules se crisper comme il tendait la main pour capturer ses doigts tremblants.

— Orla, murmura-t-il d'une voix si âpre que des frissons coururent sur les moindres plages de peau nue dépassant de l'étoffe.

Il parut ensuite se ressaisir avant d'ajouter si bas qu'elle seule l'entendit :

— Ce ne sera pas long.

Mais je n'ai pas envie que ça finisse, moi…

Orla ravala vite fait son romantisme déplacé. Qu'est-ce qui clochait chez elle ? Pourquoi souhaiter davantage, alors qu'elle savait depuis le début que rien de tout cela n'était vrai ? Était-ce si difficile de relativiser les choses ?

Karim glissa un bras sous le sien tandis que l'officiant entamait la lecture des textes rituels d'une voix de stentor. On avait expliqué à Orla que la cérémonie elle-même serait brève, mais elle perdit vite toute notion de temps, bouleversée par la proximité de Karim.

Assourdie par ses propres battements de cœur, c'est à peine si elle entendit les paroles de l'officiant. Le musc masculin noyait le parfum délicat des orangers, du jasmin et des roses. Elle ne sentait rien d'autre que la force du corps puissant si proche du sien, et ce pouce qui par ses caresses distraites sur ses doigts allumait des gerbes d'étincelles jusqu'au cœur de son intimité. À travers son voile orné de pierreries, elle ne percevait qu'un grand flou coloré, dominé par l'aura majestueuse de cet être qui serait bientôt son époux… Sans l'être vraiment.

Après un temps qui lui parut durer mille ans, le discours auquel elle n'avait rien compris toucha à sa fin. Karim se tourna vers elle et souleva le voile d'un geste déférent. Elle vit ses joues s'empourprer avant qu'un éclair de désir sauvage ne traverse son regard, se répercutant droit dans son propre ventre. Marmonnant un juron, il captura son visage entre ses paumes calleuses et se pencha sur ses lèvres.

Une tornade se leva en elle. En lui abandonnant sa bouche, qu'il dévora avec une passion sensuelle et possessive, plongeant au plus profond, Orla sentit se dissoudre les ultimes vestiges de sa raison. Elle s'accrocha à la taille de Karim dans un effort désespéré pour s'ancrer sur Terre.

Autour d'eux retentissaient applaudissements et vivats, au milieu des coups de feu et du crépitement des feux d'artifice, mais l'unique son dans ses oreilles était celui du désir, qui rugissait en maître.

C'était cela qu'elle voulait. Karim. Et, que Dieu lui vienne en aide ! C'était bien la seule chose qu'elle était incapable de feindre.

— Merci mille fois pour ce clin d'œil que vous m'avez adressé, il m'a aidée à cheminer jusqu'au bout, dit Orla à la beauté renversante qui venait de lui être présentée.

La reine Catherine de Narabie exerçait à l'origine dans une université anglaise, mais à la voir campée au côté de son mari le cheikh Zane, qui portait leur plus jeune enfant sur la hanche tandis que les deux autres se couraient après dans le jardin derrière eux, cette intellectuelle s'était parfaitement adaptée à la vie d'épouse d'un roi du désert.

— Vous sembliez absolument exquise et en même temps terrifiée, répliqua Catherine en riant. Je connais bien cette sensation, et pour cause. Il était de mon devoir de femme de faire quelque chose !

Fébrile, Orla se surprit tout de même à lui rendre son sourire. Le bras de Karim restait arrimé à sa taille depuis le baiser fou échangé devant tout le monde une heure plus tôt. Une posture témoignant d'un instinct étrangement protecteur tandis qu'il la présentait à chacun des invités. Elle percevait cependant au moindre mouvement la tension qui l'habitait. Et se disait chaque fois que ce moment de proximité serait peut-être le dernier.

— Comment vous êtes-vous rencontrés tous les deux ? demanda le cheikh Zane d'un ton détaché.

La finesse du personnage n'échappa pas à Orla, au point qu'elle se demanda si la supercherie se devinait de l'extérieur. Elle tenta de se remémorer l'histoire qu'ils avaient mise au point pour offrir au cheikh une réponse cohérente, mais la main de Karim glissa alors vers sa hanche et ses émotions repartirent en roue libre.

— J'ai acheté le haras de sa famille en Irlande, répondit Karim.

— Vous vous y connaissez en chevaux, Orla ? s'enquit Catherine.

Orla acquiesça, soupçonnant, à la bienveillance de son regard, que Catherine ait détecté le malaise entre eux et tente de l'alléger en changeant de sujet.

— Oui, je... J'ai dirigé le haras pendant un certain nombre d'années, dit-elle. La course et les chevaux me passionnent.

Leur prestation était irréprochable. Personne n'avait besoin de savoir ce qui se passait réellement...

Il n'empêche, la réponse de Karim à son petit mot la tourmentait encore. Avait-elle fait quelque chose de mal, en reprenant contact avec lui ? C'était peut-être pour cela qu'il avait décidé de ne pas l'accueillir dans son lit ce soir.

— Notre fille Kaliah adorerait vous rencontrer. Elle aussi est passionnée par les chevaux, dit Catherine avec un doux sourire en pointant une préadolescente qui courait dehors avec son jeune frère, vêtue d'un élégant tailleur-pantalon constellé de taches de boue.

— Et très, très casse-cou, précisa son père.

Il frissonna ostensiblement, mais Orla perçut la fierté du cheikh envers son aînée.

— Tout le portrait de sa cousine Jazmin, intervint l'homme de haute stature sanglé dans sa magnifique tenue tribale repéré par Orla un peu plus tôt au côté de son épouse enceinte.

Il avait l'air fatigué, sans doute parce qu'il portait une de ses filles perchée sur sa hanche et que celle-ci – la prénommée Jazmin, sûrement – sautillait sans arrêt en criant : « Hue, papa ! » Sa jumelle lui tenait la main et se cachait derrière ses jambes.

Il devait s'agir du redoutable chef de la tribu Kholadi, le

prince Kasim, Raif pour les intimes, se souvint Orla. Qui semblait nettement moins redoutable avec ses filles dans son sillage.

— Salut, Raif ! Encore en charge des petites, à ce que je vois ? lança Zane avec le sourire en lui tapant dans le dos.

Le petit garçon qu'il portait sur sa propre hanche se mit aussitôt à bavarder avec la bondissante Jazmin. Ces enfants étaient cousins… Le chef du protocole avait expliqué à Orla, en passant en revue avec elle la liste des invités, que le chef Kholadi prince Kasim et le cheikh de Narabie étaient des demi-frères. Il avait aussi glissé que la reine Catherine et la princesse Kasia, épouse de Raif, étaient très amies.

Ce n'était pas difficile à deviner, au vu des regards entendus que s'échangeaient les frères lestés de leur remuante progéniture. Ces gens formaient une famille, un clan manifestement uni par des liens solides. Toute l'émotion qui chahutait Orla depuis des heures, en particulier depuis la réception du message de Karim, se logea dans sa gorge. Elle battit furieusement des cils…

À cet instant, la main de Karim se déplaça sur sa hanche. Elle releva les yeux. Il l'observait d'un regard si intense que la boule d'émotion menaça de l'étouffer. Elle détourna la tête, consciente qu'il était idiot de regretter le fait qu'ils ne formeraient jamais une famille comme celle des Khan.

Pourquoi se désoler à ce point, alors que leur relation n'était qu'un contrat professionnel depuis le début ? Les fastes de cette cérémonie n'y changeaient rien. Ce qu'elle avait éprouvé en remontant tout à l'heure l'allée semée de pétales de roses jusqu'à Karim non plus. Ni le baiser incendiaire qui avait suivi, et qui s'était gravé dans sa chair.

— Quelqu'un a-t-il vu Kasia ?

La question lancée à la volée interrompit les pensées désordonnées d'Orla. Raif balayait le jardin d'un regard anxieux en quête de son épouse.

— Elle était censée aller se rafraîchir, mais je crois que je vais insister pour que nous nous retirions dans nos pénates. Elle semblait fatiguée et je ne veux pas qu'elle reste debout trop longtemps…

Karim fit claquer ses doigts.

— Nous allons la retrouver immédiatement, dit-il avant de donner ses instructions à un serviteur, qui s'éclipsa aussitôt. Voulez-vous que je demande qu'une camériste emmène vos enfants se coucher, le temps que nous localisions la princesse Kasia ?

Raif esquissa un sourire plein de chaleur, qui adoucit ses traits rugueux et fit pétiller ses yeux. Ceux d'Orla se mirent à picoter. Aucun homme ne l'avait jamais regardée comme cela… Excepté Karim. Mais ses regards n'étaient que simulacres…

— C'est bon, dit Raif. Nous nous occupons toujours nous-mêmes du coucher. Je ne peux même pas imaginer le chaos qui nous attend à la naissance des deux suivants, ajouta-t-il en soupirant. Cela dit, nous serons vite fixés.

Deux ? Sa femme attendait donc encore des jumeaux ! Pas étonnant que le chef Kholadi s'inquiète vite.

— Tu devrais cesser de lui offrir plus d'un bébé à la fois, frérot, fit remarquer Zane.

Son demi-frère haussa un sourcil.

— N'aie crainte, *frérot.* Après ça, je ne laisserai plus Kasia me convaincre de lui offrir quoi que ce soit, dit-il avant de se lancer avec ses filles sur la piste de son épouse.

Quelques instants plus tard, un des multiples assistants personnels de Karim s'avança pour lui chuchoter quelque chose à l'oreille. Karim acquiesça, s'éclaircit la gorge, puis se retourna vers elle et le couple royal de Narabie.

— On me dit que le festin va commencer… Ma femme doit à présent se retirer.

— Nous vous laissons faire vos adieux, dit aussitôt Catherine d'une voix douce en touchant la main tremblante d'Orla. Je suis si heureuse d'avoir fait votre connaissance,

Orla. J'espère que vous viendrez très bientôt nous rendre visite en Narabie ?

— Ce serait merveilleux.

Orla les regarda s'éloigner en refoulant ses larmes une fois de plus. Elle n'irait ni en Narabie ni ailleurs. Le chef du protocole lui avait expliqué qu'on lui demanderait de quitter les festivités assez tôt pour la préparer à la couche conjugale… Sauf que Karim avait clairement exprimé sa volonté de rester seul ce soir, comme les suivants du reste.

Elle avait encore tellement de questions à lui poser, pourtant. Tellement de sujets à aborder, trop intimes pour une discussion en public.

Un chambellan vint annoncer que l'on passait à table. Les invités se mirent en mouvement vers la grande salle des banquets royaux, leur octroyant enfin un bref moment en tête à tête.

— Pourquoi ne veux-tu pas me rejoindre ce soir, Karim ? chuchota-t-elle très vite avant de perdre courage. Est-ce que… j'ai fait quelque chose de mal ?

— Non, bien sûr que non.

Une ombre voila son regard avant que son visage ne redevienne un masque impénétrable.

— J'ai pris mes dispositions pour ton retour à Kildare dans les jours qui viennent. Notre mariage sera annulé d'ici quelques mois.

— Mais je croyais que nous étions d'accord pour terminer ce que nous avons commencé ? lança-t-elle avant d'avoir pu s'en empêcher.

Elle n'avait aucun pouvoir sur leur relation, certes, mais s'il ne ressentait absolument rien à son égard, pourquoi l'avoir amenée au Zafar, pourquoi l'avoir embrassée avec tant de passion une heure plus tôt, pourquoi l'avoir tenue serrée contre sa hanche ensuite pendant toute la durée de la réception ?

Les yeux de Karim lancèrent des éclairs dont elle éprouva

la brûlure jusqu'à l'âme. Sa main lui agrippa la taille presque comme s'il luttait contre le même désir qu'elle semblait incapable de dompter… Mais cette main retomba presque aussitôt, et sa voix, lorsqu'il reprit la parole, était dure et pleine d'autorité :

— Cela ne pourrait que compliquer plus encore les choses entre nous, Orla, tu le sais aussi bien que moi. Et l'annulation serait compromise.

Avant qu'elle ait pu insister, exiger de plus amples explications, l'assistant personnel réapparut, flanqué de deux des femmes qui l'avaient préparée pour la cérémonie.

— Au revoir, Orla.

Orla suivit son escorte la mort dans l'âme et le désir chevillé au corps, en s'intimant de ne pas se retourner. Le sentiment d'impuissance faisait mal.

Elle se laissa guider vers une suite luxueuse à l'arrière du palais, donnant sur un patio. On lui présenta un plateau copieusement garni de délicieuses victuailles, qu'elle tenta de manger pour n'offenser personne, sans parvenir à avaler grand-chose tant elle avait l'estomac à l'envers. Les femmes insistèrent ensuite pour lui faire couler un bain parfumé aux huiles essentielles.

Où était Ameera ? L'absence de cette figure amie lui pesait. En même temps, cela valait sans doute mieux. L'essentiel ce soir était de sauver les apparences, et de retenir les larmes qui se pressaient derrière ses paupières depuis le matin.

Elle se laissa docilement brosser les cheveux et enfila, sur l'insistance des servantes, une nuisette de dentelle ridiculement suggestive. Puis, enfin, elle parvint à exiger qu'on la laissât seule.

Tout ça pour la galerie… Pour convaincre la pléiade de serviteurs attachés au palais que ce mariage était authentique. Alors qu'il ne l'était pas et ne l'avait jamais été.

Elle se réfugia dans la chambre de la suite, se glissa entre les draps de l'immense lit en bois d'acajou et donna enfin libre cours à son chagrin, sans même savoir ce qui la bouleversait à ce point. La déception d'un désir resté inassouvi… Le message laconique que lui avait envoyé Karim ? Ou simplement l'épuisement nerveux, après la confusion des derniers jours et la tension de la noce… Ou encore le fait qu'elle ait fini par investir dans une relation destinée à rester fictive.

Lorsque le ciel s'illumina sous les derniers crépitements des feux d'artifice et tirs de joie célébrant l'union des nouveaux Roi et Reine du Zafar, ses larmes daignèrent enfin se tarir. Elle sombra dans un sommeil agité alors que l'obscurité reprenait ses droits.

13.

Karim arracha le lourd keffieh qu'il avait supporté tout le jour et froissa du bout des doigts sa tignasse en sueur. Abandonnant sa coiffe sur le sofa dans la salle de bains de la suite, il s'assit pour retirer ses bottes, enveloppé d'effluves de fleurs d'été. Bon sang, même son parfum le poursuivait maintenant…

Il jeta une botte, puis l'autre à travers la pièce, dans une vaine tentative pour défouler un peu de l'énergie qui pulsait dans ses veines depuis des heures – exactement depuis qu'il s'était tourné vers Orla qui s'avançait vers lui en robe de mariée traditionnelle zafari, ses courbes clairement visibles à travers l'étoffe vaporeuse, les cheveux assagis sous des pierreries étincelantes et les yeux… Oh ! ces yeux, luisant de désir et de bienveillance, l'avaient crucifié.

Il se dépouilla vite fait de sa tunique. En toute logique, il aurait dû accuser la fatigue, après cette succession de nuits gâchées par le retour des cauchemars qu'il croyait disparus à jamais… Entrecoupés de rêves d'elle – sa prétendue épouse. Et quels rêves ! Le corps électrique sous ses doigts. Les hanches de déesse. La saveur de l'innocence et de l'abandon total… Et aussi son sourire et ses yeux émeraude, du même vert franc que sa terre natale.

Il n'aurait pas dû embrasser Orla ce soir. Il n'aurait pas dû céder au besoin de la marquer en public, parce qu'elle n'était pas à lui. Seulement… Un déclic s'était produit lorsqu'il avait soulevé le voile et capté un regard brûlant d'un désir aussi violent que le sien. Sans compter cette fichue compassion qui brillait dans ses yeux, celle-là même qui l'avait tourmenté et affaibli. Alors, il avait fondu sur ses lèvres, comme ça, sans réfléchir. Et les frissons involontaires d'Orla avaient gagné son propre corps tandis qu'il festoyait sur ses lèvres.

Une fois entièrement nu dans la vaste salle de bains carrelée, il eut une pensée pour le bain qui avait été préparé à son intention. Au vu de l'érection douloureuse qui ne l'avait plus lâché depuis ce baiser, même après le départ d'Orla, tout au long des trente plats raffinés et généreux qu'il n'avait pas pu avaler, et des toasts presque aussi nombreux dans lesquels il n'avait pas trempé les lèvres car s'il avait commencé il ne se serait plus arrêté, ce qu'il lui fallait, c'était une douche froide. Et oublier Orla. Dans quelques jours, elle ne serait plus là. Tout était déjà organisé. Il ne la reverrait plus – sans cela, il ne s'en remettrait jamais.

Sans hésiter, il se dirigea vers la douche géante habillée de zelliges délicats. Dieu merci, les folles dépenses paternelles avaient inclus l'ajout d'une plomberie ultramoderne dans les bains traditionnels de la suite royale. Karim régla le robinet sur la température la plus basse et se glissa sous le jet. Une myriade d'aiguilles glacées mitraillèrent ses muscles tendus…

Une fois sa peau en sueur dûment rafraîchie, il enroula une serviette autour de ses reins et sortit sur le balcon donnant sur ses jardins privés. Un cocktail de rose, musc et jasmin montant des feuillages exotiques imprégnait la nuit dans la fraîcheur de l'eau ruisselant dans les fontaines au-dessous, mais rien à faire, le seul parfum dans ses narines était celui de la peau d'Orla.

Est-ce qu'il perdait la tête à force de brider ce désir, ce *besoin* viscéral d'offrir davantage à cette femme, et d'absorber d'elle tout un paradis jusqu'à ce qu'elle retourne définitivement chez elle ? À force de contenir cette vulnérabilité qui le terrifiait jusque dans ses nuits ?

Il regagna la chambre à coucher, envoya valser sa serviette d'un geste rageur… et se figea sur place.

Une silhouette se dressait sur le lit.

— Karim ? marmonna une voix ensommeillée, douce et affriolante, à l'accent irlandais.

Ses yeux mirent quelques secondes à s'ajuster au halo de lune entrant par les fenêtres ouvertes. Une brise légère venue du désert soulageait la touffeur de la pièce…

Tout son corps se raidit, il crut à une hallucination.

Elle était agenouillée sur les draps, son corps nu drapé dans un voile transparent qui caressait en toute impudeur les hanches rondes, les tétons saillants, la toison dorée dont la douceur faisait encore vibrer ses doigts, et la masse de cheveux roux cascadant sur ses épaules comme un grand feu de joie.

Orla… Que faisait-elle ici ? Qui l'avait amenée dans ses appartements, enfreignant ses ordres ?

Les questions tournaient dans sa tête sans qu'il parvienne à les fixer. Il se fichait des réponses, du reste. Une bourrasque de désir le propulsa à travers la chambre jusqu'au lit. Elle était à lui. Il la voulait. Au diable les conséquences ! Il avait fait de son mieux, il deviendrait fou maintenant s'il ne la possédait pas séance tenante.

Il tendit la main et caressa les boucles rousses, qui s'enroulèrent autour de ses doigts tremblants, avant de l'attirer contre lui. Il cueillit son visage en coupe entre les mains pour plonger dans ses yeux insondables, écarquillés de stupeur, et se pencha sur ses lèvres, pressant son sexe douloureux contre le doux renflement de son ventre.

— Orla, chuchota-t-il, j'ai tellement envie de toi… Dis-moi que tu ressens la même chose.

— Oui.

Cette confirmation lui suffit.

Il fondit sur ses lèvres tout en arrachant la nuisette pour dégager ses seins. Il pinça un bourgeon, puis l'autre, se délectant de les sentir se contracter, devenir durs comme des petits galets. Un long frémissement le secoua au contact de cette chair parfumée qui le tentait depuis si longtemps. Il laissa glisser sa main jusqu'au frisottis humide tout en bas de son ventre, la posa dessus en coquillage et dénicha sans tarder le clitoris.

Haletante, elle tressaillit et se cambra violemment. Karim ne se fit pas prier et captura en bouche les pointes ainsi offertes. Tout le corps se mit à danser sous ses doigts. Orla gémit, cria et, pour finir, s'affala dans ses bras.

Suffoquant presque, incapable d'attendre une seconde de plus, Karim la renversa sans ménagement sur le lit, se plaça entre ses cuisses et s'enfouit dans sa chaleur. Enfin…

Il la sentit flancher comme il s'invitait plus profondément, au-delà d'une légère résistance.

Est-ce qu'elle… ?

La question, glaçante, plana dans ce qui lui restait de conscience. Mais la tourmente l'emportait déjà au-delà du réel. Trop survolté pour penser à autre chose qu'à cette onctuosité brûlante, si accueillante, il oublia tout et plongea en elle jusqu'à la garde avant d'entamer un lent va-et-vient, histoire de donner la pleine mesure de sa puissance.

Elle était étroite, et ce fut un ravissement d'écarteler peu à peu ses chairs, de la sentir onduler et se cabrer comme elle jouissait une seconde fois… Se retenir devint vite impossible. Le flot du plaisir montait dans ses reins…

Il rejeta la tête en arrière et, dans un long cri de fauve, se laissa aspirer à son tour vers le néant bienheureux.

Cela ressemblait tellement à un rêve. Ces turbulences sauvages, incandescentes, cette euphorie intérieure… C'en était peut-être un ?

Orla flottait dans des brumes de bien-être, mais la sensation devint bientôt trop concrète, trop intense et piquante pour ne pas être tout à fait réelle.

Non, elle ne rêvait pas. Le corps de Karim la pressait sur les draps de lin de tout son poids, son sexe lourd étirait encore ses chairs meurtries. Son souffle âpre et les battements désordonnés de son cœur étaient assourdissants. Des effluves musqués de sueur et de sexe les enveloppaient. Ses propres lèvres portaient le goût de leurs baisers fougueux, sa peau grésillait encore des caresses précises, si parfaites, qui lui avaient donné un aperçu du paradis, puis un autre…

Tandis que les secondes, les minutes s'écoulaient, l'émotion la submergea. Aux délices du plaisir physique, s'était mêlé un émoi particulier qu'elle savait interdit. Une aspiration surgie des profondeurs de son être, qui lui enrayait le souffle maintenant.

Qu'est-ce que cela signifiait ? Étaient-ils mariés pour de bon désormais ?

Ne fais pas ta bécassine.

Les serments échangés ce soir devant l'officiant étaient factices. Rien n'avait changé, pas vraiment. Le désir avait imposé sa loi, rude, étourdissante, plus violente d'avoir trop tardé à s'exprimer. Mais cela restait du sexe. Rien d'autre.

Karim avait donc été son premier amant. Il la fascinait depuis un bon moment. Pour autant, cela ne signifiait pas qu'une intimité plus profonde soit née entre eux. Ni même une quelconque affection.

Une brise tiède éveillait des frissons sur sa peau nue. Si nue… Karim avait déchiré la nuisette, sucé ses seins, prodigué d'exquises tortures aux plus tendres de ses chairs avec une application qui l'avait enflammée en l'espace de quelques secondes… Elle n'avait pas eu le temps de s'interroger sur l'impact affectif. Il la frappait maintenant de plein fouet.

— Karim ? chuchota-t-elle dans l'obscurité.

Pas de réponse.

Elle laissa courir les paumes sur son dos et prit conscience que son souffle était devenu plus régulier, plus profond.

Il… Il *dormait* ?

Elle battit des paupières. Les mèches de soie brune lui chatouillaient le nez, une épaule s'enfonçait près de sa gorge. Elle se déplaça légèrement sur le lit et le repoussa en douceur, jusqu'à ce qu'il roule sur le dos.

Puis elle remonta le drap sur sa nudité, troublée par la sensation du liquide un peu collant entre ses cuisses, et le souvenir de ce corps plongeant en elle si durement, si vite, avec une telle fureur… La douleur n'avait duré qu'un instant, mais elle avait capté la stupeur dans ses yeux et regrettait de lui avoir menti sur son expérience.

Elle tourna la tête vers son compagnon pour le contempler. Les traits habituellement sévères semblaient détendus et presque enfantins dans le sommeil, les longs cils masquaient les yeux gonflés. Pourquoi était-il venu à elle ? Était-ce un accident ? Ses caméristes l'avaient-elles conduite ici par erreur ? C'était obligé, il avait eu l'air aussi stupéfait qu'elle-même lorsqu'elle s'était réveillée, ahurie et désorientée, et l'avait trouvé là devant elle, puissant, superbe, irrésistible.

Tout était arrivé si vite. Pourtant les images défilaient dans sa tête. La danse de sa langue, comme un fer rouge apposé sur elle, une prise de possession. Celle des doigts sollicitant impitoyablement la source de son plaisir. Ce visage tendu, farouche, au moment de plonger en elle et de la faire sienne.

À ceci près qu'elle n'était pas à lui… Dans quelques jours, il la renverrait chez elle. Si tout cela s'était produit, c'était uniquement parce que les caméristes avaient suivi hier soir un programme différent de celui édicté par Karim.

Une vague de tristesse déferla dans son cœur.

Rester dans le lit de Karim, dans ce lieu favorisant l'intimité, ce n'était pas une bonne idée. Elle était bel et bien en train de tomber amoureuse de cet homme taciturne et inaccessible qui se trouvait être aussi son époux. Et cela ne pouvait mener qu'au désastre. Il fallait maintenant se préserver.

Au moment où elle se faufilait vers le bord du lit, un bras ferme se verrouilla autour de sa taille. Orla se retrouva de nouveau prisonnière de la chaleur de Karim, le dos scellé à son torse, les cuisses mêlées aux siennes.

Le visage enfoui dans ses cheveux, il resserra sa prise.

— Ne t'en va pas, marmonna-t-il d'une voix ivre de fatigue, mais qui n'avait rien perdu de son autorité. J'ai besoin de toi cette nuit.

Dans la seconde, le cœur d'Orla sombra dans les abysses. Et tandis que le souffle de Karim reprenait doucement le rythme régulier du sommeil profond, les larmes de détresse versées dans la soirée se muèrent en larmes de tendresse.

Au bout d'un moment qui lui parut infini, son émotion s'allégea juste assez pour qu'elle n'entende plus que les battements puissants du cœur de Karim, enveloppants, sécurisants, l'invitant elle aussi à un oubli bienfaisant.

— Non… Non ! Pas ça…

Orla s'éveilla en sursaut dans la chambre baignée des premières lueurs de l'aube. Des cris enroués, déchirants, résonnaient dans son oreille.

Karim.

Les événements de la soirée affluèrent à sa conscience. Son sexe était encore sensible, sa peau rougie par les caresses, les baisers. Et le bras de Karim lui enserrait toujours la taille.

— Non ! Ne lui fais pas mal…

Elle se dégagea de son étreinte et se retourna. Il dormait profondément, les traits crispés, le corps tout raide dans sa bagarre contre le mauvais rêve.

Une nouvelle bouffée de tendresse inquiète lui gonfla le cœur. Un instinct né au plus profond d'elle-même exigeait qu'elle sauve Karim des démons qui le traquaient jusque dans ses nuits.

— Tout va bien, murmura-t-elle en posant les mains sur ses joues.

La barbe naissante lui griffa les paumes – il secouait la tête pour se débattre dans sa souffrance.

— Non. Non ! Elle pleure… Tu lui fais mal…

Une larme perla au coin de sa paupière fermée. Sa voix était grave et rauque. Sous l'angoisse de l'homme perçait la peur de l'enfant.

C'était bien plus qu'un cauchemar, une réminiscence. Que lui était-il arrivé ? Qui essayait-il de protéger ? Était-ce pour cela qu'il l'avait gardée contre lui cette nuit, pour le protéger de ces visions ?

— Karim, je suis là, dit-elle, haussant la voix. Tu es en sécurité, elle aussi, tout va bien…

— Non… Je ne peux pas, gémit-il, les poings serrés dans un combat si réel que l'angoisse la gagna à son tour.

— Si, tu peux ! Tout va bien, tu peux te réveiller maintenant. Karim ?

Ses paupières s'ouvrirent d'un coup. Il batailla un moment pour revenir à la réalité, haletant, hagard. Orla étouffa un sanglot. Il ne la voyait même pas, elle en était sûre.

— Karim, c'est moi, Orla… Je suis là. Tout va bien.

Tandis qu'elle caressait sa joue pour détendre les muscles horriblement contractés, il prit peu à peu conscience de l'endroit où il se trouvait, et avec qui. Instantanément, la terreur fit place à la méfiance dans son regard.

Il écarta d'un geste sa main.

— Tu pleures ? demanda-t-il, encore un peu perdu.

— Tu… Tu as fait un cauchemar, répondit Orla d'une voix étranglée.

Cette annonce parut l'effarer. Il roula un peu plus loin sur le lit et se couvrit les yeux de l'avant-bras en jurant.

Spontanément, Orla posa la main sur son cœur. Qui battait

encore trop fort, trop vite. Karim couvrit cette main de la sienne et la connexion se rétablit aussitôt entre eux, intacte.

Il avait encore besoin d'elle et elle tenait à l'aider. Être là, présente à ses côtés.

— Karim, qu'est-ce que c'est ? Ce cauchemar ? Est-ce que tu le sais ?

Il secoua la tête sans mot dire, sans la regarder non plus. Orla sentit qu'il ne voulait pas savoir, en réalité.

— Tu suppliais quelqu'un de ne pas faire de mal à une autre personne, une femme, je crois ?

Elle avait conscience de franchir de nouveau la barrière invisible qu'il avait érigée la veille en lui envoyant ce fichu message avant la noce, mais elle ne se laisserait pas impressionner. Ce mariage était devenu bien plus qu'un accord de circonstance.

Naguère elle avait abandonné son père à sa souffrance, trop effrayée et fragilisée par ses doutes pour insister alors qu'il repoussait invariablement son soutien. Elle se le reprochait encore. Karim, lui, avait réclamé sa présence cette nuit…

— Si tu acceptais d'en parler…, reprit-elle.

— Je n'ai rien à dire, répliqua Karim d'un ton cassant. Encore une fois, je ne vois pas d'où viennent ces maudits cauchemars.

Sa voix sonnait faux. Exactement comme celle de son père à l'époque.

Essayait-il de lui mentir, ou de se mentir à lui-même ?

— Est-ce que… Est-ce que c'était ta mère ? demanda-t-elle.

Karim agrippa sa main et tourna la tête vers elle. La réponse, glaçante, se lisait sur son visage.

La vérité. Celle à laquelle Ameera avait fait allusion, qui expliquait qu'il soit revenu au Zafar à son corps défendant, et qu'il ait évoqué son père devant elle avec tant de mépris le soir du bal à Londres.

— Il la frappait, n'est-ce pas ? demanda-t-elle dans un murmure.

Il plissa les yeux et lâcha brusquement sa main.

— Je ne souhaite pas en parler, dit-il, repoussant le drap pour quitter le lit.

Orla s'empourpra à la vue de ses fesses nues. Une chaleur intense, malvenue, se répandit dans son ventre. Elle releva vivement les yeux. Il se retourna, superbe, pris d'un désir ardent lui aussi, mais bien plus évident, et planta les yeux dans les siens.

— Tu devrais partir, dit-il. Tu n'étais pas censée dormir ici.

— Je sais.

Karim hocha la tête.

— Alors il faut que tu t'en ailles maintenant… À moins que tu ne souhaites une répétition de cette nuit ?

C'était une provocation. Un défi. Une façon de lui dire que ces moments d'intimité partagée n'étaient que le fruit d'une attirance physique qui les avait aveuglés l'un et l'autre, rien de plus. Et qu'elle n'avait sur lui que les droits qu'il était prêt à lui accorder.

À coup sûr il s'attendait à ce que le choc, le désenchantement, la colère la poussent dehors. Mais la stratégie échoua, car elle entendait encore la souffrance dans sa voix, l'écho dissonant de la haine de soi. Ils venaient de partager bien davantage que du sexe. À présent elle savait pourquoi Karim s'ingéniait avec tant d'énergie à rabaisser ce qui se passait entre eux pour mieux le contrôler.

Leur attirance mutuelle lui faisait peur tout autant qu'à elle. Et elle savait aussi, sans l'ombre d'un doute, que l'un d'eux devait cesser de se conduire en lâche et affronter la réalité, coûte que coûte.

Voilà pourquoi, loin de renier la passion qui l'animait, éperonnée par une confiance en elle très nouvelle et très grisante, Orla tendit la main vers le sexe de Karim gorgé de désir et de vigueur.

Un sentiment de puissance l'envahit comme il tressaillait

sous ses doigts. Elle s'obligea alors à prononcer les mots qui lui avaient été interdits pendant la cérémonie hier.

— Oui… Je te veux.

— Attends ! s'écria Karim en saisissant le poignet d'Orla.

Sa hardiesse le prenait de court. Mais le plus déroutant, c'était la tendresse de son regard, sa compassion intacte, cette liberté de ton… Tout cela le chamboulait.

Elle avait deviné le drame dont il avait été témoin dans son enfance. Et avant lui, encore ! Comment avait-elle fait ?

Chaque nuit les cauchemars gagnaient en intensité et devenaient plus réels. La vision affligeante d'un corps de femme recroquevillé… Le bruit sourd des coups de poing d'un homme… Le mélange oppressant de honte, de peur et de rage alors que lui, trop petit et impuissant, se bouchait les oreilles et suppliait en pleurant le monstre d'arrêter…

Leur sens pourtant lui avait échappé. Jusqu'à cette nuit.

Jusqu'à Orla.

Savoir la vérité risquait maintenant de le briser. Exactement comme quand il était petit.

— Tu es sûre de toi ? ajouta-t-il d'une voix éraillée.

Il la laisserait décider. Qu'elle constate par elle-même qu'il ne pourrait jamais rien lui offrir de plus.

— Oui, murmura Orla. Je suis sûre.

À ces mots un désir violent lui prit le corps, effaçant tout, la douleur et la peur qui le hantaient depuis toujours, peur de ne jamais devenir un homme digne de ce nom, accompli, autonome, *capable*.

D'une poussée, il renversa Orla sur le lit et lui releva les poignets au-dessus de la tête en les garrottant d'une seule main. Elle était à sa merci, les seins frémissants, tout le corps en émoi dans l'attente de son bon vouloir. Ses cheveux rouges étalés sur la blancheur des draps, le délicat parfum de fleurs sauvages mêlé à celui du désir le mirent à la torture, mais son regard le fixait sans une once de frayeur. Honnête, ouvert, déterminé. Comment pouvait-elle distiller autant d'audace et d'assurance alors que c'était lui qui menait le jeu ? Et cette fringale qui le reprenait. Cette frénésie irrépressible. Une fois aurait dû suffire à l'apaiser, mais pas du tout. Une lave en fusion coulait dans ses veines, exigeant qu'il la prenne encore pour fuir la douleur.

Il approcha la langue d'une aréole, y apposa la bouche. Elle eut un frémissement d'impatience, si beau dans son impudeur qu'il lâcha ses poignets pour laisser voyager ses doigts, puis ses lèvres, sur ce corps ondulant et gémissant sous ses caresses. Elle empoigna ses cheveux, abandonnée, soumise, tandis qu'il jouait de la langue, le nez enfoui dans son sexe, savourant ses petits cris étouffés jusqu'à ce qu'elle vole en éclats dans ses bras.

Alors, n'y tenant plus, il se hissa au-dessus d'elle. Le regard d'Orla, hardi et tendre à la fois, s'enchaîna au sien. Fichue tendresse, qui avait l'art de le terroriser. Sans plus réfléchir il plongea en elle, plongea vers l'oubli, surfant sur la tempête qui faisait rage en lui, laissant le désir sauvage tisser un cocon autour d'eux.

Agrippée à ses épaules, elle tint bon, sans lâcher son regard, sans faiblir, le temps qu'il se rassasie. Si courageuse Orla, si belle… Et tellement sienne.

Il résista jusqu'à la sentir se contracter autour de lui et alors seulement lâcha prise, se détachant d'elle juste à temps pour déverser sa semence sur les draps.

La joie inonda son corps, aussitôt suivie d'une sensation indéfinissable et glaçante.

Il venait de livrer pour la première fois à quelqu'un d'autre un aperçu de l'enfant vulnérable tapi au fond de lui, et qui ne mériterait jamais d'être sauvé.

Orla serra Karim de toutes ses forces, éprouvant sa peur et l'absorbant en même temps que la sienne. Quoi qu'il se soit passé entre eux à l'instant, cela semblait si réel, si profond, si riche de sens, que simplement respirer faisait mal.

Puis elle le peigna du bout des doigts pour dégager son front.

— Karim ? Tout va bien ?

— Bien sûr. Merci, ajouta-t-il en se hissant sur les coudes, le visage fermé.

Le mot la frappa en plein cœur. Le masque était de retour…

Il rejeta le drap pour sortir du lit et se figea un instant avant de tourner vers elle un regard accusateur.

— Tu as tes règles ? demanda-t-il.

Orla faillit mentir. Une partie d'elle-même penchait en ce sens. Elle avait sûrement saigné cette nuit et il venait de repérer les taches. La vérité ne pouvait que la fragiliser davantage.

Seulement… Il y avait déjà eu entre eux beaucoup de mensonges, des demi-vérités qu'elle était lasse d'entretenir à tout prix. Elle secoua la tête.

Karim jura tout bas.

— Alors tu étais vierge… Tu m'as menti.

Orla confirma d'un hochement de tête.

— Mais pourquoi, nom d'un chien ? s'écria-t-il.

Elle ramena les draps sur sa poitrine et se redressa sous le regard aiguisé et furieux de Karim.

— Est-ce si grave ? répliqua-t-elle.

Elle s'était donnée à lui non pas une fois, mais deux, et pas question de le regretter ni de s'en excuser. Le plaisir avait été immense, des répliques du dernier orgasme la secouaient encore. Et puis cet acte recelait un sens qu'elle n'avait pas l'intention d'ignorer.

— Cela me confère une responsabilité dont je ne voulais pas, dit Karim. Tu devrais toi aussi le regretter…

— Quelle responsabilité ?

— Tu étais vierge. Tu ne me l'avais pas dit, mais cela

ne change rien aux conséquences. Nous ne pourrons plus obtenir d'annulation maintenant.

Le regard de Karim se teinta de suspicion.

— Si tu crois pouvoir me manipuler pour approfondir notre relation, tu te trompes, ajouta-t-il d'une voix glaciale.

Orla reçut ces mots comme autant de flèches empoisonnées droit dans la zone la plus tendre de son cœur. Celle qu'elle avait ouverte pour lui, pour eux.

Comment avait-elle pu se fourvoyer à ce point ? Karim n'était ni un cheval nerveux ni un poulain tout juste sorti du ventre de sa mère, mais un homme disposant d'un pouvoir et d'une expérience bien supérieurs aux siens. Il avait peut-être montré une faiblesse passagère, mais de toute évidence il ne voulait pas de son aide. Elle ne pouvait pas plus réparer son passé que le sien. Il avait été naïf de sa part de se lancer dans cette entreprise vouée à l'échec.

Rassemblant ce qui restait de sa dignité, elle sortit du lit, le drap enroulé autour de son corps qui palpitait encore de leur passion partagée, et se dirigea vers la salle de bains dans laquelle les servantes l'avaient préparée la veille à son insu pour la couche de Karim. Elle avait été servie comme l'agneau sacrificiel, avant de contribuer à sa propre chute…

Petite imbécile, retiendras-tu un jour la leçon ? On ne peut pas réparer celui qui n'a pas envie de l'être.

— Où vas-tu ? demanda Karim.

— Je vais prendre un bain.

Se laver. Se purifier. Puis partir, vite.

Le rejet de Karim faisait mal, mais moins que sa propre stupidité. Dire que le désir pulsait encore dans ses veines ! Pressée de s'échapper, elle traversa la grande chambre tandis qu'il enfilait un pantalon, mais il lui saisit le bras au passage.

— Nous n'en avons pas terminé ici, dit-il. Il faut encore que nous parlions des éventuelles conséquences.

— Quelles conséquences ?

— Tu pourrais être enceinte, répondit-il d'une voix

changée en baissant les yeux vers son ventre couvert par le drap. La première fois… Je n'ai pas pris mes précautions.

Orla hocha la tête. Le souvenir de leur union sauvage, et des sentiments qu'elle y avait associés alors qu'ils n'existaient pas pour lui, ne faisaient que tordre un peu plus son cœur d'ingénue.

— Pas grave, dit-elle. Je porte un patch contraceptif. Il n'y aura pas de conséquences.

Elle voulut se dégager, mais la main se resserra sur son bras.

— Pourquoi te protéger, dit-il, les sourcils froncés, si je suis le seul à t'avoir touchée ?

Orla déglutit, gênée par la tournure très intime que prenait la conversation.

— J'avais un cycle très irrégulier et… très douloureux. Le médecin m'a prescrit la pilule pour le réguler. Comme j'oubliais tout le temps de la prendre, je suis passée au patch.

À son air, elle comprit que Karim ne la croyait pas. L'ironie de la situation aurait prêté à rire si son cœur ne souffrait mille morts devant son scepticisme. Comment diable en étaient-ils arrivés là ?

— Je ne mens pas cette fois-ci, ajouta-t-elle.

Une lueur passa dans ses yeux, qui ressemblait à du regret. Il consentit tout de même à la lâcher. Comme elle se tournait pour partir, sa voix rude, pleine de rage contenue, l'arrêta net.

— Tu ne peux pas me quitter maintenant, Orla. Il est trop tard.

Elle n'avait pas voulu le quitter. Elle s'était donnée à lui librement, il avait pris ce qu'elle lui offrait puis l'avait rejeté. Rien n'avait changé. Il restait buté, incapable d'accepter qu'ils puissent partager bien davantage que du sexe.

— Je ne peux pas rester, tu t'en rends compte toi aussi, non ? dit-elle, au bord des larmes.

— Notre mariage est bien réel désormais, rétorqua sèchement Karim. Tu n'as pas le choix, et moi non plus.

14.

— Comment ça, elle est partie ? Mais où ?

Karim toisa Jamilla, l'assistante personnelle d'Orla, si guindée, si propre sur elle. À la différence des autres employés du palais, elle ne flancha pas devant sa colère, ce qu'il jugea pour une fois supérieurement agaçant.

Il avait donné six heures à Orla pour se remettre de la nuit dernière, qui changeait tout. Si elle s'imaginait capable d'esquiver la réalité en allant se promener, elle allait vite mesurer l'étendue du pouvoir du Roi.

— Je l'ignore, Votre Majesté, répondit Jamilla, impavide.

— Ce n'est pas votre travail, de savoir où est la Reine ? Vous êtes son assistante personnelle, non ?

— Elle m'a demandé de ne pas l'interroger sur sa destination, alors je me suis abstenue.

— Elle… Elle n'est pas dans le palais ?

La peur lui serrait la gorge maintenant, plus réelle et vivace que dans ses cauchemars. Où pouvait-elle être ? Le palais se dressait au milieu du désert. La ville la plus proche se trouvait à plus de soixante kilomètres et Orla n'avait aucun moyen de transport.

— Je ne crois pas, Votre Majesté, répondit Jamilla. Elle semblait bouleversée en revenant dans ses appartements ce matin, ajouta-t-elle.

Il perçut un reproche dans sa voix, ce qui accrut son irritation… et titilla sa conscience.

Jamais il n'aurait dû laisser Orla disparaître de sa vue.

Il s'était lui-même octroyé un temps pour gérer le tumulte d'émotions qui l'avait abattu, vidé, devant le visage d'Orla ravagé par le camouflet qu'elle venait d'essuyer. Sur le moment il s'était emporté, oui, persuadé que sa virginité lui avait forcé la main. Elle ne pouvait plus quitter le Zafar après ce qui s'était produit la nuit dernière, une annulation du mariage étant désormais exclue du fait de la Loi des cheikhs, une obscure tradition en vigueur depuis des centaines d'années stipulant que si un roi couchait avec une vierge, il devait l'épouser. Cette loi figurait noir sur blanc dans leur contrat de fiançailles, mais Orla, il en était à présent certain, ne l'avait pas lu jusqu'au bout.

Le calme revenu, il s'était soudain demandé pourquoi, en réalité, il s'était senti piégé à la vue du sang d'Orla sur les draps. Était-ce vraiment à cause d'une loi antédiluvienne ? Et depuis quand se pliait-il aux us et coutumes zafaris ? N'était-ce pas plutôt qu'Orla l'avait plus que troublé par son courage, sa compassion, son ardeur croissante… et qu'en dépit de tout, l'idée de la laisser partir maintenant lui était insupportable ?

Le vrai problème n'était peut-être pas la virginité d'Orla, mais le désir qui le poussait vers elle, incessant, impérieux, d'une intensité absolument inédite… Et la peur qui l'habitait de ne plus se sentir entier, jamais, sans elle présente à ses côtés.

Pour en être sûr, encore fallait-il d'abord la retrouver.

S'il lui arrivait quelque chose avant qu'il ait tiré cette affaire au clair, il ne s'en remettrait pas. Alarmé, Karim fusilla du regard l'assistante et eut enfin la satisfaction de la voir ciller.

— Où est-elle allée ? répéta-t-il à voix basse d'un ton menaçant, bien pratique pour masquer son angoisse.

— Tout ce que je sais, c'est qu'elle se dirigeait vers les écuries…

Bon sang !

Karim passa en coup de vent devant l'assistante, dont les jours à son service étaient désormais comptés.

— Hakim ! File aux écuries, ordonna-t-il à peine entré dans le bureau voisin. Fais seller un étalon et interroge le maître d'écurie. Ma femme a quitté le palais à cheval, j'ai besoin de savoir où elle s'est rendue. Je te retrouve là-bas dans quinze minutes.

— Mais, Votre Majesté…

— Tout de suite ! cria Karim.

Il entendit un bruit de course dans le couloir tandis que lui-même montait l'escalier à fond de train. Pourquoi avoir accordé un temps de réflexion à Orla ? Il avait vraiment la tête à l'envers depuis qu'ils se fréquentaient.

Arrivé dans sa chambre, il entreprit de retirer le costume de cérémonie enfilé ce matin pour saluer les invités avant leur départ.

Merci de votre invitation, Karim. Ce fut un plaisir de faire la connaissance de votre épouse. Orla semble brave et intelligente, deux qualités qui lui seront nécessaires pour s'adapter à son rôle de Reine.

Alors qu'il raflait une tenue de cavalier dans l'armoire, les derniers mots de la reine Catherine Nawari Khan résonnèrent dans sa tête. Il revit son regard bienveillant teinté d'inquiétude qu'il avait essayé en vain d'oublier. Avait-elle deviné qu'il s'était servi d'Orla ? Qu'il avait besoin d'elle bien plus qu'elle n'aurait jamais besoin de lui ?

Le remords le cisailla.

Si Catherine, qu'il avait à peine croisée quelquefois, *savait*, alors Orla savait, elle aussi… Qu'il n'avait tout simplement pas le courage de la laisser partir ?

Au-delà du désir, il avait décelé chez elle une émotion particulière, qui l'avait séduit et terrifié tout à la fois, et il avait choisi de l'utiliser à son profit.

Il aurait dû deviner pourtant qu'Orla serait trop *brave et intelligente* pour se conformer à ses exigences. Il était à mille lieues de se douter qu'elle irait jusqu'à se lancer dans une escapade aussi téméraire.

Une fois habillé, il fonça aux écuries. Il devait la trouver. Le désert zafari regorgeait de dangers, surtout la nuit. Or il restait moins de deux heures avant le coucher du soleil.

Orla était sa femme maintenant. Sa Reine. Elle était par conséquent sous sa responsabilité, que cela lui plaise ou non. À défaut de pouvoir lui donner son cœur, du moins pouvait-il lui offrir sa protection.

Il avait déçu une femme un jour, et cela avait fini par la détruire. Il n'en décevrait pas une autre.

La belle jument blanche se hissa au sommet de la dune rocheuse. Orla tira sur les rênes et relâcha son souffle en découvrant le scintillement de l'eau dans la vallée à leurs pieds. Le cheval s'arrêta, attendant patiemment ses prochaines instructions quand bien même l'odeur de l'eau faisait frémir ses naseaux.

— C'est bien, Sabella, dit Orla en tapotant l'encolure en sueur de sa monture.

L'oasis était somptueuse, exactement comme la lui avait décrite Ameera ce matin en lui expliquant le chemin. Un bosquet de palmiers piqueté de broussailles entourait un grand bassin né d'une source jaillissant d'entre les roches.

Soulagée comme de juste après trois heures de selle, Orla fit claquer sa langue et, d'un coup de talons dans les flancs, engagea la jument vers ce petit paradis.

Elle n'aurait pas dû partir à cheval au risque de se perdre dans le désert, Ameera l'avait prévenue, la zone était inhospitalière au possible, mais elle n'avait pas eu la force de rester. Elle avait besoin d'un peu de temps, d'espace et de recul avant d'affronter de nouveau Karim.

Sabella ayant atteint la rive, Orla mit pied à terre et laissa l'animal s'abreuver tandis qu'elle liait les rênes à un rocher.

Après avoir bu la dernière gorgée de sa poche à eau, elle entreprit d'enlever les bagages de selle contenant le nécessaire qu'elle avait emporté pour passer la nuit dans l'oasis, puis la selle elle-même.

Elle s'occupa d'abord de la jument, prépara sa musette et brossa sa robe avant de l'attacher dans un coin plus frais, à l'ombre des palmiers. Puis elle dressa la tente et bricola un feu de camp sous les arbres, les yeux sur les miroitements de l'eau à quelques mètres de là.

Maintenant qu'elle était parvenue au bout de son long trajet, les corvées se révélèrent impuissantes à la distraire des pensées qui l'assiégeaient depuis qu'elle avait quitté Karim ce matin.

Notre mariage est bien réel désormais. La brève lueur d'espoir suscitée par ces mots s'était vite éteinte lorsqu'il avait ajouté : *Tu n'as pas le choix, et moi non plus.*

Quelque part en cours de route, elle était tombée amoureuse de cet homme dur et intraitable au cœur verrouillé à double tour, dont elle craignait fort maintenant qu'il ne l'aime jamais en retour.

Les drames de son enfance l'avaient marqué au point de lui verrouiller le cœur. Il était inutile d'en attendre de l'amour. Elle n'y gagnerait qu'une souffrance plus grande encore. C'était devenu très clair dans son esprit lorsque Ameera lui avait expliqué la Loi des cheikhs. Si Karim avait exigé qu'elle reste son épouse, c'était en raison de sa virginité perdue. Rien à voir avec elle ni avec le lien qu'elle avait cru sentir naître entre eux.

Dans ce coin de nature si paisible elle espérait puiser aussi la force de le quitter pour retourner à Kildare.

Une fois la musette attachée à la bride de Sabella, afin que la jument puisse récupérer les calories perdues pendant la longue et fastidieuse marche vers l'oasis, Orla se dévêtit rapidement et entra dans l'eau fraîche en T-shirt et culotte.

Elle s'immergea dans l'intention de purifier sa peau des

caresses de Karim… Mais en même temps, elle n'avait aucune envie d'oublier. Le soleil déclinait enfin vers l'horizon dans la brume de chaleur scintillante, et ces sensations nouvelles censées la rafraîchir et la régénérer la ramenaient invariablement à ses souvenirs. Sa peau était à vif, son cœur en miettes.

Elle plongea sous l'eau, frotta son corps endolori. La chair tendre entre ses jambes brûlait encore d'accueillir la vibrante érection de Karim… À bout de souffle, elle remonta à la surface. Le flot bruyant de la petite cascade couvrait ses battements de cœur erratiques… Et soudain elle comprit que ce martèlement venait d'ailleurs.

En se retournant, elle découvrit un magnifique étalon noir déboulant au galop vers la rive. Le cavalier en longue tunique bondit à terre d'un mouvement fluide.

— Sors de là tout de suite ! gronda une voix rauque familière.

Karim.

Face à sa colère, Orla ne put réprimer un frisson. Qu'à cela ne tienne, elle sortit de l'eau le menton haut, en s'efforçant de respirer calmement. Campée sur la rive, elle dégagea les cheveux mouillés de son front, sous le regard de Karim qui sonda son corps de pied en cap, éveillant mille flammèches sur le parcours. C'était drôle de penser que lors de leur première rencontre elle était déjà trempée… Mais la jeune fille anxieuse, aux abois, n'était plus qu'un souvenir. Elle était devenue femme maintenant, à plus d'un titre. Les sentiments qu'il lui inspirait ne devaient pas lui faire peur.

— Pourquoi t'es-tu échappée ? dit-il tout bas.

Leurs regards se croisèrent. Orla se redressa. Montrer une faiblesse maintenant, c'était se perdre à jamais.

— Je ne me suis pas échappée, rétorqua-t-elle. J'avais juste besoin de temps pour réfléchir.

— À quoi donc ?

— À tout, Karim. À toi, à moi… À ce qui s'est passé entre nous la nuit dernière. Et à ce qui va se passer maintenant.

Il s'approcha, le regard si noir, si torturé qu'Orla se sentit faiblir.

— Je t'ai dit ce qui allait se passer. Tu vas rester… Ta virginité a une signification que tu…

— Je connais la Loi du mariage des cheikhs.

Karim plissa les yeux.

Une nausée souleva l'estomac d'Orla. Allait-il maintenant s'imaginer qu'elle avait toujours su, et qu'elle avait menti pour lui forcer la main et concrétiser leur mariage ? N'avait-il donc aucune confiance en elle ?

Elle s'était fiée à lui depuis le début. Cela faisait-il d'elle une fille simplette… ou simplement une femme amoureuse de l'homme qu'il ne fallait pas ?

— Si tu la connais, pourquoi as-tu menti sur ta virginité ? demanda Karim, les dents serrées.

Ses yeux lançaient des éclairs, mais Orla vit la posture de défense, et comprit qu'il s'agissait de tout autre chose que de ce mensonge malvenu. Karim protégeait décidément son cœur avec une ferveur qu'elle n'avait même pas songé à employer pour protéger le sien…

— J'ai menti à l'origine parce que j'avais peur que tu ne veuilles plus m'embaucher, répondit-elle avec franchise. Je ne pensais pas que tu découvrirais un jour la vérité.

— Même lorsque nous avons décidé de coucher ensemble ? ironisa-t-il. Croyais-tu pouvoir me manipuler pour concrétiser ce mariage ?

— Manifestement non, dit Orla. Puisque maintenant je veux divorcer.

Il en resta coi. L'incrédulité se peignit sur son visage. Il *savait.* Il savait la nuit dernière qu'il avait capturé son cœur… et avait essayé de s'en servir contre elle.

— Quoi ? murmura-t-il enfin. Mais… Pourquoi ?

Orla aspira une bouffée d'air, ramena frileusement les bras autour de sa taille comme les derniers rayons de soleil disparaissaient derrière les rochers, et rassembla les lambeaux de courage qui lui restaient.

— Parce que je t'aime, Karim, et que tu ne pourras jamais m'aimer.

Un uppercut ne lui aurait pas fait plus mal.

La bravoure et la dignité sur le visage d'Orla qui lui offrait ainsi son cœur étaient tout simplement hallucinantes.

Karim suivit des yeux une larme qui dévalait sa joue vers la pellicule d'eau fraîche luisant sur sa peau dans le crépuscule. Une partie de lui ne voulait pas la croire. Ne voulait pas accepter qu'elle lui ait tout offert. Car cela l'obligerait, lui, à avouer pourquoi il ne pouvait rien lui offrir en retour. Mais elle balaya alors d'un revers de main cette petite larme et le courage, la détermination de ce simple geste faillit le mettre à genoux. Et la vérité lui transperça le cœur.

Il avait besoin d'elle, il la voulait. Il l'aimait aussi, corps et âme.

C'était brutal, c'était trop rapide et trop effrayant, mais qu'importe ! Il sentit craqueler la glace dont il s'était enveloppé le cœur depuis si longtemps. Il comprit qu'il ne pouvait plus stopper le processus. Il ne pouvait se voiler la face et fuir ses sentiments plus longtemps, sinon il la perdrait.

— Je vais me rhabiller pour rentrer au palais, dit Orla.

— Non, ne…

Les mots s'étranglèrent dans sa gorge. Elle s'était retournée. Son regard exprimait la compassion qu'il s'était appliqué de toutes ses forces à rejeter et aussi une souffrance qui le déchira.

— Je ne veux pas divorcer, acheva-t-il tout bas.

— Cela ne suffira pas, Karim. Je ne resterai pas parce que tu as besoin de moi, ou envie de moi, ou à cause d'une vieille tradition qui t'oblige à me garder comme épouse. Pour que ce mariage devienne réalité, j'ai besoin d'être sûre que tu es tout au moins capable *d'essayer* de m'aimer en retour.

— Tu n'en voudrais pas, de cet amour, si tu savais, dit-il en enlaçant son corps tremblant, si fin et fragile et si fort à la fois, si parfait contre le sien.

— Si je savais quoi, Karim ?

Le sanglot logé dans sa gorge depuis le soir funeste où, impuissant, il avait laissé sa mère se faire taper dessus, pour ensuite la voir s'enfoncer jour après jour sans parvenir à la ramener à la vie, grossit tant qu'il explosa dans sa poitrine, libérant enfin les mots qui lui brûlaient la gorge.

— Je ne te mérite pas. Je ne te mériterai jamais.

Devant la souffrance évidente de Karim, comme pendant son cauchemar cette nuit, les platitudes d'usage moururent sur les lèvres d'Orla. Ce n'était pas assez de lui assurer qu'il la méritait. Ses sentiments envers lui étaient nouveaux et effrayants sans doute, mais réels, elle le savait. Elle savait aussi qu'il *pouvait* l'aimer en retour, pour peu qu'il s'autorise à être vulnérable. À laisser parler sa sensibilité.

C'était un début. Une ouverture qu'elle n'espérait plus. Une petite graine fragile à ne surtout pas abîmer avec ses propres appréhensions.

— Qu'est-ce qui te fait croire cela ? demanda-t-elle doucement, très émue, en caressant ses joues crispées.

Karim se détacha d'elle et se passa la main dans les cheveux, le regard fuyant.

— Je me suis servi de toi, Orla. Depuis le début. Et je serais différent de lui ? Il l'a frappée, je n'ai pas su la protéger…

Sa voix se brisa.

— Mais tu n'étais qu'un petit garçon ! protesta Orla. Comment aurais-tu pu ?

— Peut-être, mais… Elle ne s'en est jamais remise.

Elle était tout le temps triste. J'ai tout fait pour la rendre heureuse, sans succès.

— Ce n'était pas ton rôle, Karim, murmura-t-elle.

Il releva la tête et croisa enfin son regard.

— Je ne peux pas revivre ça, dit-il. Je suis désolé.

Et soudain Orla comprit pourquoi il avait si peur de l'aimer – et son cœur se gonfla d'allégresse. Pendant tout ce temps, elle avait cru qu'il cherchait à se protéger… alors qu'il ne pensait qu'à la protéger, elle !

Cet homme ne ressemble pas à son père, ni vous à sa mère.

Orla prit son élan, en s'inspirant des mots d'Ameera.

— Tu n'es pas lui, Karim. Et tu ne le seras jamais. Plus important, ajouta-t-elle alors qu'il s'apprêtait à protester, je ne suis pas elle. Je ne suis pas fragile. Je ne me briserai pas.

Elle l'entendit jurer dans sa barbe et sourit, soulagée. Enfin, il prenait conscience que son fardeau lui avait été retiré… Et que ce discours qu'elle lui tenait était la stricte vérité.

Karim la reprit alors dans ses bras et la serra si fort qu'elle se sentit soudain pousser des ailes.

— Tant mieux, dit-il. Parce que si tu t'échappes comme ça encore une fois, je vais devoir te donner la fessée.

Il plaisantait bien sûr, mais la menace avait un petit quelque chose d'érotique qui émoustilla Orla.

— Eh bien, bonne chance avec ça, Votre Majesté ! s'écria-t-elle en riant.

Karim haussa les sourcils avant de partir à son tour d'un petit rire, la plus douce des musiques aux oreilles d'Orla.

— Je t'aime, bon sang, dit-il avant de l'embrasser passionnément.

Je sais.

En l'empoignant aux cheveux pour mouler son corps souple dans celui, dur et inflexible, de Karim, Orla se dit que ce n'était que le début. La route était encore longue… Mais elle comptait fermement savourer chaque minute de délice, à connaître mieux cet homme autoritaire, dominateur et irrésistible. Son roi, son époux, son amant. Mais comment diable être sa reine ?

Lorsqu'il la souleva dans ses bras et mit le cap sur la tente qu'elle avait dressée au cœur de la palmeraie, une myriade de petites flammes sillonnèrent ses veines. Et la réponse surgit comme une évidence. En réalité, elle était déjà la Reine de Karim là où cela comptait le plus – dans son cœur ouvert et comblé, possessif et divinement surprotecteur.

Épilogue

Un an plus tard

— Karim ! Laisse-moi partir, tout le monde sera ici dans moins de trois heures et j'ai un million de choses à faire… Et toi aussi ! protesta-t-elle en riant comme son mari l'entraînait d'autorité vers leur grand lit.

— Explique-moi encore, murmura-t-il, effleurant des lèvres la zone derrière l'oreille qui lui faisait perdre tout sens des réalités. Pourquoi avoir invité Zane et Raif, leurs épouses et leurs deux cents enfants à notre anniversaire de mariage, alors que je te voulais pour moi tout seul ?

— Le baptême de Rahim et Omari remonte à huit mois, gémit-elle, faisant allusion aux jumeaux de Raif et Kasia. Nous les avons croisés à New York, mais c'était il y a quatre mois déjà. Ils me manquent…

Les deux familles s'étaient liées d'amitié avec eux. Les conseils de Catherine et Kasia en particulier lui avaient été précieux pour apprivoiser son nouveau rôle de Reine du Zafar.

Ces temps-ci, ils partageaient leur temps entre le royaume du désert, leur maison à Londres et celle de Kildare, rendue à sa splendeur d'antan par la générosité de Karim juste pour lui faire plaisir.

Orla se toucha discrètement le ventre. Il faudrait bientôt compter avec une autre petite personne à gâter…

— Et puis, j'ai promis à Kaliah de l'emmener visiter le

haras, dit-elle, essayant de s'échapper de ses bras avant de succomber à ses caresses enjôleuses.

Têtu, il posa les mains sur ses seins et pinça les bouts comme il savait que cela lui plaisait. Mais cette fois elle se déroba…

Karim la lâcha aussitôt et la tourna vers lui, toute envie de jouer envolée.

— Je t'ai fait mal ?

— Non, non, tout va bien.

— Tu es sûre ? Tu as tressailli… Pardon si j'ai été trop brutal.

Orla se sentit fondre, comme toujours lorsqu'il la choyait comme son bien le plus précieux. Devant son angoisse palpable, elle comprit que le moment était venu de lui annoncer la nouvelle.

— Pas du tout, Karim. Simplement…

Les mots lui manquèrent.

Elle avait voulu prendre le temps de se préparer à ce moment. La découverte remontait à la veille seulement, elle était encore un peu sous le choc. Ils n'avaient rien planifié. Ni même seulement évoqué cette possibilité. Pas encore… Peut-être aurait-elle dû faire plus attention au moment de changer de mode de contraception. Elle avait sûrement commis une bévue en tout cas. Et voilà le résultat.

Karim partagerait sûrement son excitation, mais… Étaient-ils vraiment prêts ?

L'année écoulée avait été tumultueuse, une suite de choix à opérer, un ajustement permanent, énorme, pour l'un comme pour l'autre. De grands changements étaient déjà en cours. Karim avait finalement décidé de rester sur le trône en vertu de la constitution, pendant que le Zafar amorçait un retour vers la démocratie et la prospérité. Elle, de son côté, était retournée à Kildare pendant la saison des courses pour remplacer aux commandes Carly, parti vers un autre haras… Et bien sûr, ils s'étaient engagés mutuellement à tout mettre en œuvre pour que leur mariage fonctionne.

Ce changement-là, pour le moins inattendu, serait une révolution supplémentaire, follement excitante, mais il ne devait pas menacer ce qu'ils avaient déjà accompli au prix d'un travail énorme…

— Simplement, quoi ? dit Karim, de plus en plus alarmé, en laissant glisser la main sur son épaule. Qu'est-ce que tu ne me dis pas ?

Orla posa la main sur la sienne et esquissa un sourire tremblant.

— Mes seins sont hypersensibles en ce moment.

— D'accord. Mais… Tu as un problème de santé ?

— Non, je… Je suis… enceinte.

Karim écarquilla les yeux, puis les abaissa sur son ventre très, très plat.

— Tu… Tu vas avoir un bébé ? *Mon* bébé ? *Notre* bébé ?

Orla acquiesça, souriant à travers ses larmes devant les joues toutes rouges de Karim et son air émerveillé.

Il n'est pas fâché, il n'est pas embarrassé, il semble absolument euphorique.

Elle se mit à rire sous les baisers qu'il fit pleuvoir sur son visage, ses cheveux, son corps, lui témoignant ainsi son bonheur, et sa fierté, et son impatience à l'idée de connaître leur enfant…

Puis il lui fit l'amour avec une volupté, une tendresse extraordinaires, chérissant le moindre frisson, le moindre soupir, le moindre gémissement, ciselant son plaisir jusqu'à ce qu'elle implore la libération. Et la joie revint habiter son cœur.

Tout irait bien.

Un peu plus tard, étendu sur le lit dans l'euphorie d'après l'amour, Karim caressa doucement les cheveux de sa femme.

— Tout va bien, Karim, murmura-t-elle d'une voix somnolente en se lovant dans ses bras. Je suis toujours entière.

Toi peut-être, mais moi…

— Tu as intérêt, répliqua-t-il avec un petit rire.

Il déposa un tendre baiser sur son front, refoulant un début de panique. Il l'aimait tant… Et dans huit mois environ il aurait deux personnes à protéger au péril de sa vie, car il ne pouvait se permettre de les perdre.

Un frisson le parcourut au souvenir des deux bébés garçons en pleurs dans les bras de Raif et Kasia, et des petites jumelles à côté d'eux pendant la cérémonie de baptême à laquelle il avait assisté avec Orla moins d'un an plus tôt.

Seigneur ! Trois *personnes peut-être, si Orla porte plus d'un bébé.*

C'était peu de dire qu'il n'était pas préparé à cela. Il était même certain de ne pas le mériter. Il posa la main sur le ventre d'Orla, laissa l'amour gonfler en lui et s'épandre… Et s'obligea à se détendre. Peut-être pourrait-il glaner quelques astuces sur la paternité auprès de Raif et Zane. L'un et l'autre avaient survécu, après tout.

Inspirer, expirer…

— Tu as conscience, j'espère, d'avoir mis la barre bien plus haut que le cadeau d'anniversaire surprise que j'avais prévu.

Orla se redressa sur un coude pour lui décocher un sourire tout sauf contrit.

— Un cadeau, tu dis ? Qu'est-ce que c'est ?

— Rien d'aussi phénoménal qu'un bébé…

Elle cala le menton sur ses mains jointes, les yeux pétillant de curiosité.

— C'est vrai ? Mais pas loin ? Alors, qu'est-ce que c'est, dis ?

— Devine, répliqua-t-il en lui rendant son sourire.

Il avait fait remettre le titre de propriété à son nom. Ainsi elle en redeviendrait propriétaire avec sa sœur Dervla. Il savait qu'elle serait touchée, bouleversée, folle de joie… mais jamais autant que lui en cette seconde, après son cadeau surprise à elle. La taquiner à ce sujet n'était donc que justice.

— Viens, il faut se lever maintenant, dit-il en la gratifiant d'une tape sur le derrière.

— Mais Karim ! gémit-elle tandis qu'il s'arrachait au lit non sans regret. Sérieusement, tu ne vas pas me dire ce que c'est ?

Le sourire de Karim s'élargit devant son air déconfit.

— Pas le temps ! répliqua-t-il. Nous avons un million de choses à faire d'ici l'arrivée de nos invités.

À ce stade, elle serait ivre de curiosité et d'impatience...

Bienvenue dans mon monde, ma toute précieuse Reine.

Retrouvez prochainement,
dans votre collection

AZUR

Un Noël à Singapour, de Clare Connelly - N°4400
« Je connais ton secret. » La déclaration de Dimitrios Papandreo laisse Annie sans voix. Ainsi donc, il a découvert l'existence de leur fils ! Six ans plus tôt, tous deux ont partagé une nuit d'amour, avant que Dimitrios la rejette sans ménagement. Aujourd'hui, tout a changé. Dimitrios réclame son héritier, le petit Max. Et pour cela il exige qu'Annie l'accompagne à Singapour et l'épouse avant Noël !

À la merci d'un don Juan, de Susan Stephens - N°4401
Jamais le prince Cesare ne pardonnera à Sofia Acosta l'article odieux qu'elle a écrit à son sujet. L'image de play-boy oisif qu'elle a donnée de lui a causé bien du tort à la royauté et à lui-même ! Hélas, pour éviter un nouveau scandale, il n'a d'autre choix que de les convier, elle et son illustre famille, au banquet annuel marquant l'ouverture de la saison de polo. Cette fois cependant, Cesare gardera Sofia sous contrôle. Dans son palazzo de Rome où se tiendront les festivités, c'est lui qui sera aux commandes. Et la jeune femme, à sa merci.

La prisonnière d'un palais, de Caitlin Crews - N°4402
Depuis qu'il est devenu roi, le cheikh Tarek a pour objectif d'assurer la stabilité d'Alzalam, son pays durement éprouvé par des conflits politiques. Hélas, un scandale pourrait éclater et mettre en péril tous ses efforts, si l'on découvrait qu'une femme médecin est retenue captive dans les geôles du palais ! Ne sachant que faire de cet épineux problème, Tarek lui trouve bientôt la solution idéale : épouser le Dr Anya Turner et transformer ainsi sa farouche prisonnière en reine du désert !

Dans le rôle d'une reine, de Heidi Rice - N°4403
Tandis que les flocons de neige virevoltent au-dessus du palais de Monrova, Juno se sent gagnée par l'émotion. Enfin, elle est de retour au royaume de son enfance ! Ravie de retrouver sa sœur jumelle, elle découvre avec stupéfaction que cette dernière est sur le point de contracter un mariage de convenance avec le roi Leonardo DeLessi Severo. Or Leo est loin d'être un inconnu pour Juno : elle s'est autrefois jetée à son cou, pour recevoir en échange une cuisante rebuffade. Malgré ce souvenir humiliant, Juno est décidée à montrer à sa sœur quel homme odieux est son promis. Et pour cela elle lui propose de se faire passer l'une pour l'autre. Durant les festivités de Noël, la princesse exilée incarnera la reine de Monrova !

La tentation d'une promise,

de Sharon Kendrick - N°4404

Fille aînée du roi d'Albastase, Zabrina a été promise dès sa plus tendre enfance au fils du souverain de Petrogoria. Bientôt, elle accomplira son devoir en épousant ce parfait inconnu – et sauvera ainsi son pays de la ruine. Mais avant cela la tentation est grande pour elle de s'offrir quelques heures de liberté et de passion dans les bras de son garde du corps. Constantin Izvor est le plus bel homme qu'elle ait jamais rencontré. Et le plus dangereux aussi, comprend-elle au lendemain d'une fabuleuse nuit d'amour, lorsqu'il lui révèle sa véritable identité…

Les vœux scandaleux, d'Annie West - N°4405

La princesse Eva de Tarentia ne se fait aucune illusion. Son mariage avec Paul de St Ancilla est un arrangement politique, rien de plus. Du moins pour le prince. Car, dans le plus grand des secrets, Eva nourrit pour son promis de tendres sentiments. C'est donc avec désespoir qu'elle apprend que Paul veut rompre leurs vœux… avant qu'une photo volée et porteuse de scandale les oblige tous deux à poursuivre la comédie des fiançailles…

Le tendre héritage d'un comte,
de Sophie Pembroke - N°4406

À la mort de son frère, Cal Bryce voit soudain sa vie bouleversée. Non seulement il hérite du rôle de comte de Lengroth, mais surtout il devient le tuteur de ses neveux orphelins ! Soucieux d'offrir aux pauvres enfants l'attention dont ils ont tant besoin, il décide d'embaucher une nourrice pour l'épauler. Alors que les candidates se succèdent, la douce Heather se présente à lui. Une jeune femme enceinte et dont la présence au château n'est en rien le fruit du hasard…

Le secret d'un inconnu, de Lynne Graham - N°4407

SÉRIE : *LES MARIÉES DE NOËL* - 1/2

Chaque année à la même date – celle du drame qui a marqué sa vie – Tor abandonne son costume de milliardaire pour sortir dans la nuit, anonyme. Sans sa Rolex, sans ses boutons de manchette en or et surtout sans ses gardes du corps, il erre quelques heures avec lui-même, en quête de réponses qui ne viendront jamais. Ce soir-là, pourtant, une rencontre inattendue vient briser sa solitude. La belle Pixie fait naître en lui des émotions si intenses et réciproques qu'ils s'abandonnent tous deux à une aventure sans lendemain. Une parenthèse passionnée qui révèle bientôt ses tendres conséquences…

Un désir interdit, de Kate Summer - N°4408

SÉRIE : *LES TSARAKIS* - 2/3

Lisa est folle de joie. Durant six mois, elle travaillera aux côtés d'un architecte de renom… en Croatie ! Dès son arrivée à Jablanac, pourtant, elle déchante. Si le cadre splendide dépasse ses rêves les plus fous, l'homme qui l'a embauchée a malheureusement été évincé par Nikos Tsarakis, un magnat des affaires odieux. Pire encore : en présence de ce nouveau patron à la virilité triomphante Lisa est envahie de pensées brûlantes et interdites…

Un enfant à Casavalle, de Kate Hardy - N°4409

SÉRIE : *NOËL ROYAL À CASAVALLE* - 2/3

Enceinte. Tia attend un enfant d'Antonio Valenti, prince de Casavalle ! Leur unique nuit d'amour, qui devait les réconforter tous deux et rester sans lendemain, a donc eu des conséquences… Bien que bouleversée par la tournure que les événements ont prise, Tia est résolue à donner à Antonio la possibilité de participer à la vie de leur enfant. Mais quand elle se présente au palais elle comprend vite que son existence vient de basculer – car Antonio exige aussitôt qu'elle l'épouse !

Une nuit à Dubaï, de Bella Frances - N°4410

Dubaï, une fête qui dérape, une descente de police… Et un séduisant inconnu qui la sauve in extremis. Georgia pensait avoir échappé au pire, jusqu'au moment où elle découvre des photos du baiser brûlant qu'elle a échangé avec son beau sauveur. Prise au cœur d'une tempête médiatique, Georgia risque de perdre son emploi d'institutrice… À moins de se laisser tenter par la solution que lui propose Danny Ryan : l'épouser. Un mariage de façade, le temps que le scandale passe, ensuite chacun reprendra le cours de sa vie. Georgia n'aurait jamais imaginé commettre une telle folie, mais la voilà sur le point de lier son destin à celui de cet homme qu'elle ne connaît pas, mais qui la trouble plus qu'elle ne le voudrait…

OFFRE DÉCOUVERTE !

Vous souhaitez découvrir nos collections ? Recevez **votre 1er colis gratuit* avec 1 cadeau surprise !** Une fois votre colis de bienvenue reçu, si vous souhaitez continuer à recevoir nos livres, cela se fera automatiquement. Vous recevrez alors vos livres inédits** en avant-première.

Vous n'avez aucune obligation d'achat et cette offre est sans engagement de durée !

*1 livre offert + 1 cadeau / 2 livres offerts pour la collection Azur + 1 cadeau.
Pour la collection Intrigues : 1er colis à 17,25€ avec 2 livres + 1 cadeau.
**Les livres Ispahan, Sagas, Gentlemen et Hors-Série sont des réédités.

☛ COCHEZ la collection choisie et renvoyez cette page au
Service Lectrices Harlequin – CS 20008 – 59718 Lille Cedex 9 – France

Collections	Références	Prix colis
❑ **AZUR**	Z1ZFA6	6 livres par mois 29,99€
❑ **BLANCHE**	B1ZFA3	3 livres par mois 24,45€
❑ **LES HISTORIQUES**	H1ZFA2	2 livres par mois 17,09€
❑ **ISPAHAN**	Y1ZFA3	3 livres tous les 2 mois 23,85€
❑ **PASSIONS**	R1ZFA3	3 livres par mois 25,89€
❑ **SAGAS**	N1ZFA3	3 livres tous les 2 mois 28,86€
❑ **BLACK ROSE**	I1ZFA3	3 livres par mois 26,19€
❑ **VICTORIA**	V1ZFA3	3 livres tous les 2 mois 26,19€
❑ **GENTLEMEN**	G1ZFA2	2 livres tous les 2 mois 17,35€
❑ **HARMONY**	O1DFA3	3 livres tous les mois 20,16€
❑ **ALIÉNOR**	A1ZFA2	2 livres tous les 2 mois 17,75€
❑ **HORS-SÉRIE**	C1ZFA2	2 livres tous les 2 mois 18,25€
❑ **INTRIGUES**	T1ZFA2	2 livres tous les 2 mois 17,25€

N° d'abonnée Harlequin (si vous en avez un) ⊔⊔⊔⊔⊔⊔⊔⊔⊔

Mme ❑ Mlle ❑ Nom : ____________________

Prénom : ____________________ Adresse : ____________________

____

Code Postal : ⊔⊔⊔⊔⊔ Ville : ____________________

Pays : ____________________ Tél. : ⊔⊔⊔⊔⊔⊔⊔⊔⊔⊔

E-mail : ____________________

Date de naissance : ____________________

Date limite : 31 décembre 2021. Vous recevrez votre colis environ 20 jours après réception de ce bon. Offre soumise à acceptation et réservée aux personnes majeures, résidant en France métropolitaine, dans la limite des stocks disponibles. Prix susceptibles de modification en cours d'année. Vous pouvez demander à accéder à vos données personnelles, à les rectifier ou à les effacer. Il vous suffit de nous écrire en nous indiquant vos nom, prénom et adresse à : Service Lectrices Harlequin CS 20008 59718 LILLE Cedex 9. Service Lectrices disponible du lundi au vendredi de 9h à 17h : 01 45 82 47 47.